U0815278

黑笑小说

〔日〕东野圭吾 著
李盈春 译

南海出版公司

新经典文化股份有限公司
www.readinglife.com
出　品

目 录

又一次助跑

炎英社的神田到达酒吧式餐厅“sunrise”时，正好是下午五点。向店员报出姓名后，他被引到后面的一个单间。说是单间，面积相当大，可容十人左右聚会。

理所当然地，还没有一个人到。神田在靠门口的椅子上坐下，掏出香烟，点上火，抽完一根看看手表，才过了两分钟。

果然没必要定在五点聚会啊。

神田一面想，一面把烟灰掸到烟灰缸里。他向相关人士提议五点聚会的时候，也曾有人提出不同意见，但最后还是依从了他的安排。

定在五点半就好了。

神田估计其他人多半会姗姗来迟。因为评审会五点钟才开始，公布结果的时间还要晚得多。况且迄今为止，这一奖项的评审从未在一小时内结束。

也罢。

神田架起腿来。事实上他也迫切盼望一个人静一静。他想起了离开出版社前妻子打来的电话。

“来电话了，说还是没考上，现在得准备读补习学校了。”

妻子的声音低沉忧郁。神田听毕，心情也是一片灰暗。

今天是儿子大学录取结果公布的日子，之前他考过的大学悉数落榜，今天公布的大学是最后的城堡了。可妻子说连那所大学也没录取，事到如今，除了复读已经别无选择。

多花钱且不说，一想到今后一年都得饱尝这种郁闷心情，神田就愁肠百结。儿子怄气的模样，老婆的歇斯底里，光是想想就不胜其烦。

他正想点上第二根烟，门开了，进来的是《小说灸英》编辑部的鹤桥。

“咦，神田兄，就你一个人在？”

“是啊，定在五点果然太早了些。”

“我就说嘛。”鹤桥含笑在神田对面坐下，四下张望，“待会儿请寒川坐哪儿？”

“就请他坐中央的上座好了。”

“说得是。”

鹤桥用指尖咚咚地敲着餐桌，仍是一副心神不定的样子。

“对了，”神田开口道，“你前天去拜访花本老师了？”

“是啊。”

“老师对今天评奖的事透了什么口风没有？”

“唔……”鹤桥搔搔头，“没有任何明确的表示，只不过……”

“怎样？”

“他略略提到了望月，说他已经是第三次入围了，应该很想得奖。”

“什么意思？莫非他要推荐望月？”

“不是吗？寒川是第五次入围，可他连一个字都没提。”

“那花本老师果然是要推荐望月了？”神田皱起眉头。

“毕竟望月的创作风格正合他的口味嘛。”

“也是。”神田猛抽烟，“根据文福社的消息，鞠野老师好像决定推荐乃木坂。”

“不出所料。”鹤桥点头，“上届评委中只有鞠野老师一人推荐乃木坂，听说他对自己的意见未获通过耿耿于怀。”

“所以我看他这次不会让步。”神田叹了口气，再次看看手表，已经五点十五分了。

“来点啤酒？”

“好啊。”神田同意。

见鬼！为什么我非得待在这儿不可？鹤桥压抑着内心的不满，佯若无事地喝着啤酒。本来应该由我陪乃木坂一起等待奖项公布才对，毕竟我一直都是她的责任编辑啊。虽说我也负责寒川，但才刚接手，连一张原稿都没从他那里拿到过，跟他打交道时间最长的就数总编了，可那胡子老爹[①]却说——

总编的话又在他耳边响起。

①手冢治虫漫画《铁臂阿童木》中的角色，秃头，蓄两撇白胡须。

“乃木坂那里我去，你就去寒川那里吧。当然，如果寒川获奖，我马上赶到。”

还煞有介事地说什么“如果寒川获奖”！鹤桥暗暗咂嘴。明明清楚那种可能性渺茫得很。他就是想把好去处抢到手罢了。那胡子老爹一直到做上总编，根本一次都没见过乃木坂。可恶！

“那个，”神田低声问道，“万一寒川落选，该怎么办？”

“什么怎么办？”

“就是之后的安排啊。在这里吃完饭之后去哪儿？”

“银座如何？”

“哦，那就去‘睫’？”

神田提出的这家酒吧是文坛中人时常光顾之地。

“可以，就拜托你了。”

“好。说起来，也该轮到寒川得奖了。”神田脸色阴沉地盯着空中。

分明就是要落选的迹象好不好？鹤桥扫兴地想。这下出书的责任编辑也没盼头了。唉，倒霉，真羡慕去乃木坂那里的家伙啊！

这时，门开了，又进来一个人，是金潮书店的广冈。

“下午好。”广冈扬手打了个招呼，在神田旁边坐下，“寒川还没来？”

“是啊。我想他差不多也该到了。”神田看了看手表。

“今天的评审可能会延长些时间。”广冈说。

“是吗？”

“嗯。评论普遍认为，这次是三足鼎立、难分高下的格局。”

“三足除了乃木坂和望月，还有谁？”

“寒川。其他人的作品这回大概没希望。”

“今年该寒川交运了吧？”神田的语气里带着些许期待。

“我看有希望。再怎么说，他已经是第五次入围了。”

“唔。”神田抱着胳膊低吟一声，然后望向广冈，“万一落选，我想在这儿用点便饭后，就转去‘睫’那里，你看怎样？”

“好呀，以前落选的时候也是这么办。”

“广冈兄也一道去吧？”

“没问题。”广冈点头。

鬼才要一道去！与说的话相反，广冈在心里断然拒绝。以前寒川大叔落选的时候，我可惨了，吧啦吧啦吧啦吧啦，抱怨个没完没了。哪怕抱怨到天边去，已经出来的结果也改变不了呀。说评委的坏话也就罢了，最后还把怒火的矛头指向我，絮絮叨叨地说什么：“我说广冈君，这种颁奖应该存在特有的‘规则’吧？这方面你好好把握了吗？”简直只差没说“你们没事先疏通各方可不行”。开什么玩笑！那些评委哪个不是坚若顽石，就凭一介编辑的游说，怎么可能打动得了？说到底，不过是落选时推卸责任的一种手段罢了。虽然有点对不住神田，但这次恭听牢骚的任务就交给他吧。本来寒川这次入围的小说的责编就是他嘛。

“听鹤桥说，花本老师准备推荐望月。鞠野老师应该会推荐乃木坂，那么问题是其他的评委。”神田喃喃道，“狭间老师喜欢时代小说，但这次没有时代小说入围，不知道他会推荐谁。”

“对狭间老师来说，这次谁都无所谓吧？”广冈笑笑，“硬要说的话，就是乃木坂了。只有她的作品不是推理小说。”

“狭间老师讨厌推理小说？”

“不光推理，科幻他也不喜欢，有电脑出场的情报小说也不大中意，一门心思地迷恋时代小说。这次候选作品里没有时代小说，听说他很不高兴。我正在琢磨，他是会说谁得奖都无所谓呢，还是会说没有一部作品有资格获奖。”

“这么说，狭间老师也指望不上了？”神田搔搔头，“那夏井老师呢？”

“如果有人会推荐寒川，那就是夏井老师了。”广冈马上说，“夏井老师身为文坛泰斗，却对青年作家燃烧着强烈的竞争意识，如果某人的作品会冲击他的读者群，他的观点就变得十分刻薄。而寒川已经不年轻了，作品风格也与他迥异，不会成为他的竞争对手。”

“但他也不会积极推荐吧？”

“那就不知道了。”

“接下来是平泉老师。”神田歪着头，“他可难说得很，每次评审会口风都变化无常，一会儿说趣味性是小说的首要条件，一会儿又说只有趣味性可不够……”

“说起来，”鹤桥从旁插口，“前些日子的聚会上，平泉老师称赞了望月的作品。”

“当真？”神田瞪大了眼睛，“他怎么说？”

“他说望月的小说在趣味性和令人感触良多的韵味上都恰如其分，平衡感把握得很好。”

“这话什么意思？难道平泉老师决定推荐望月了？”神田屈起手指，似在数着什么，“照这样看，望月和乃木坂各有两票，寒川成了第三候选。”

“我们在这儿计算得票数也没用吧。”

“寒川还是不行吗？”神田皱起眉头，“他这次的作品我本来是很有信心的。”

“结果还没揭晓呢，我不会放弃。我衷心希望寒川这次能拿奖。”

“他下一本小说是你们社出版吧？”

“是啊，所以如果他获了奖，我们也与有荣焉。”

这次寒川落选就好了，广冈想，何必让灸英社占便宜。万一这次寒川得了奖，下一部由我们出版的作品却没获奖，那就麻烦了。这次落选吧！落选吧！

“我也从心底祈祷他获奖。”广冈说完，喝起了送上的啤酒。

就在这时，寒川心五郎慢吞吞地走了进来。他身穿西装，头发看来刚去美发店打理过。三个编辑马上站起身。

“哎呀，你们好你们好，特意赶来辛苦了。怎么，连广冈君也来了？”作家含笑说着，居中落座。

“这么重要的日子，当然要来了。”广冈谄媚地笑道，“今天老师也难得地穿了身西装。”

“哦？是吗，很难得吗？不过也没什么特别的意思，只是觉得偶尔穿穿西装也不错。”作家显得有点意外。

这人还是老样子，一眼就看得透，广冈心想。这会儿就惦记开记者招待会未免太早了吧，他就是在这种地方叫人郁闷。

“这套西装非常适合您。”广冈说。

鹤桥招来店员，吩咐可以上菜了。

果然不该穿西装吗？寒川窥探着几个编辑的表情暗忖。说不定一下就看穿我预备获奖的心思了。看来我平时跟这些人在一起恐怕从没穿过西装。真失败！

“大家不是都很忙吗？”寒川环视着三人。

“哪里，唯有今天，再重要的工作也要搁到一边。”广冈说。

“听说扁桃社的驹井待会儿也要过来。”神田加上一句。

“哦，扁桃社啊。”

怎么，就来个小编辑驹井？寒川抚着下巴。部长不来吗？总编又是怎么回事？以前见面的时候，明明表示过期待我获奖的。难道他是去望月或乃木坂那里了？

菜上桌了。神田说了声“先干一杯”，率先举起啤酒杯，其他人也依样而为。寒川也微微举起啤酒杯，一口喝干，尔后再度观察起三个编辑的表情。

他们心里在想什么呢？是确实认为我会获奖而来到这里，还是觉得根本没什么指望，只不过碍于情面迫不得已才过来？

“依我看，”寒川悠闲地靠着椅背，架起腿来，“望月是最有力的候选人，能与他抗衡的则是乃木坂。”

“是吗？”神田一脸惊异。

“是啊。你要知道，像这种评选，往往不是采取加分法，而是采取减分法，换句话说，不是看作品有多少值得加分的优点，而是看有多少需要扣分的缺点。望月这次的作品，似乎很少有人指摘缺点，而乃木坂至少有鞠野老师赏识，鞠野老师一定会千方百计推荐她的。”

“听老师这样说，形势不妙啊。”神田苦笑，“关键是老师的作品怎样？”

“我大概没希望。”寒川笑着摇头，“我已经入围过好几次，奖项的评选是怎么回事，基本上心里也有数了，所以不知不觉就忘了自己也是入围者，客观分析起形势来。这也算是习惯成自然了吧。”

“哪里的话，我们之所以聚到这里，就是因为相信老师一定会获奖。”

“好啦，好啦，总之，我今天过来也没抱奢望，就当是开个落选的慰问会而已。大家放轻松，放轻松。”寒川一口气喝下半杯啤酒。

他说相信我一定会获奖。寒川反复回味着神田的话。这是他的真心话吗？他不像个信口开河的人，和谁说话都很慎重。那么他对我说相信我会获奖，莫非有什么根据？我……我……有获奖希望吗？

“唉，真盼着这件事早点完。”寒川叹了口气，“我自己倒不怎么放在心上，可是吃不消周围人的念叨。实际上我稀里糊涂差点忘了今天就是评审会，还是太太提醒我才想起来。交稿期限快到了，很多麻烦事。”

“是啊，确实是这样。”广冈连连点头。

说什么自己没希望！广冈给寒川的杯子倒上啤酒，心想，明明想得奖想得要命。老老实实说想得奖不就得了，装哪门子腔呀。不过也好，既然摆出这种姿态，今天就算落选，也不会唠叨个没完了。即便我说先走一步，也不会硬留住我不放了吧。总之，结果一公布，我就得马上采取下一步行动。最有希望的候选人大概还数望月，他现在正在银座的酒店等消息，我得尽量赶上记者招待会才行。

门忽然被用力推开，所有人都吃了一惊，朝门望去，进来的是扁桃社的驹井。“不好意思，我来迟了。”

“是你啊。”广冈声音里透着不耐，“吓了我一跳，还以为协会秘书处有电话来了。”

“对不起，对不起。”驹井点头哈腰地道歉，在椅子上坐下，“结果还没公布吗？”

“还没有，不过我看快了。”神田再次看了眼手表，“已经过六点了。”

“那一时半会儿还出不来。”广冈说，“一般都是将近七点时公布，如果争执不下，也有可能拖到八点。”

“没错。应该来得及上NHK的新闻吧？”

“不一定，以往也有过拖得太晚，来不及上新闻的情况。”

“算了，这个无关紧要。”寒川爽朗地说，“别操心奖项的事了，来吃点饭，喝点酒，轻松一下吧。”

编辑们齐声称是，动起筷子。

现在评委们正在争论些什么呢？寒川边吃边想。吃的什么他浑然不觉，啤酒也丝毫没喝出味道。一旦发生争议，评委的意见很可能会分成两派，那么就有两部作品同时获奖的可能性。如此一来，我岂不是也意外有望？说不定会由望月和我，或者乃木坂和我共同获奖，这也不是什么不可思议的事。文学奖本来就出人意料。寒川自觉心跳越来越快，掌心也骤然渗出汗水。就是，如果真是我得奖也不意外。评委心思变化无常，谁知道他们会忽然怎么说。倘若情况如我所料，我就是幸福的获奖者了，明天的报纸上也会登出我的大名。

“不知老师对自己有多少信心？”驹井问。

“信心？”

“获奖的信心啊。老师觉得有几成胜算？”

“这和之前的问题一样，没有多大意义。我就是再有信心，也派不上任何用场吧？所以这种事我想都没想过。坦白说，获奖与否都不重要，因为我并不是为了获奖而写小说。”

“没错没错。”神田重重点头，“老师的作品首先考虑的是令读者获得乐趣，这一点读者是最明白的。”

“确实，常有读者寄来慕名信这样表示。”

“那，老师真的对今天的评审兴趣不大吗？”驹井问。

“还好吧。当然，如果得了奖，我也会欣然接受。”说完，寒川大笑。

无关痛痒。驹井忖道。这位获奖也好，落选也好，都跟我毫不相干，奖金又不会分我一毛钱。我只是不得不帮忙张罗今晚聚会的续摊，还有其他种种麻烦事罢了。今晚不管闹到多晚恐怕都得奉陪，真腻味。要我说啊，他落选了才好呢。

“我这一周一直向神龛拜祝，祈祷老师一定要获奖。”驹井握起拳头，热情洋溢地说道。

“拜神龛说起来是老一辈的作风了，你年纪轻轻的，怎么也这样。”寒川笑道。

想得奖。作家内心暗暗念叨。无论如何都想得奖！一旦得奖，小说的销路就完全不同了。书店里会摆满我的书，寒川心五郎一跃成为重量级人物，信用卡也能轻松申请到，电视台说不定也会请我做节目。听到寒川心五郎这个名字，别人也不会再傻笑着说“哎呀，抱歉，没听说过”，也能争口气给那些认定我是滞销作家的亲戚看看了。想得奖！这已经是第五次入围了，总该轮到我得奖了吧。说什么都想得奖！一定要得奖！

“其他人肯定在忐忑不安地等着消息。”寒川取出香烟，不慌不忙地衔上一根。

鹤桥马上用打火机替他点燃。

“您是指望月吗？”

“对，还有乃木坂。她应该也觉得自己这次有望获奖。”

“是吗？可乃木坂说过，这次该是寒川老师得奖了。”

“那只是社交辞令罢了。她知道你是我的责任编辑，才会那样客气一番。”

当真？乃木坂当真这样说过？会说这种话，想必有某种理由吧？莫非她从谁那里得到消息说形势对我有利？哎，到底是怎么回事？作家夹着香烟的手指禁不住颤抖起来。

当然是社交辞令了。鹤桥在心里嗤笑。

“我看未必，乃木坂老师还说看了您的作品很受感动。”

“哦？那想来是恭维话。”寒川急急吸了口烟。

乃木坂倒也挺讨人喜欢的。不对，搞不好是她认为自己的作品更胜一筹，才会这么逍遥地说客气话。没错，一定是这样。有什么了不起，那个狂妄的小丫头！

我没去乃木坂那里，不知道她会不会生气？鹤桥很在意这件事。总编应该会替我委婉地解释吧，比如“鹤桥很想和乃木坂老师一起等待结果，但不能不去寒川老师那里”什么的。要不然乃木坂获奖时，我岂不是不好意思赶去见面。啊，可恶！就不能早点决定吗，反正不是乃木坂就是望月。待在这种地方，没劲透了。

门开了，身穿黑衣的店员探头进来。

“请问神田先生在吗？”

“我就是。”神田稍扬起手。

"有您的电话。"

室内瞬间安静下来。

神田离开后，众人依然沉默不语。最后还是作家打破了沉默。

"啊哈哈哈哈。"他大笑，"看来我猜得不错，这次又是个安慰奖。要是真的获奖了，应该是找本人听电话。"

"我看也不一定。"广冈说了这一句，后面就接不下去了。的确如此。他想。我从没见过通知获奖的电话不打给作家本人，却打给编辑的情况，这下他确定落选了。

"没什么，"寒川用异样热切的声音说，"不管怎样，今天要好好喝一场，难得都聚在一起。鹤桥君，来喝一杯！"

"啊，谢谢。"见作家伸过啤酒瓶给自己倒酒，鹤桥连忙拿起杯子去接。

他果然没指望了呀，那获奖的是谁？要是望月倒不必着忙，要是乃木坂，非得设法赶过去不可。鹤桥心不在焉地喝着寒川给他倒上的啤酒。

"那么，获奖的是谁呢？"寒川说，"是望月，还是乃木坂？我们来赌一把吧。"作家脸上禁不住直抽筋，僵硬地堆出奇妙的笑容。

可恶！可恶！可恶！我又落选了吗？为什么获奖的不是我？我哪里不够资格了？我啊，我啊，可是在这行打拼了三十年了，照理说总比那些初出茅庐的毛头小子写得有深度。为什么这一点总是得不到认同？评委根本不了解我的水准。

"不要紧，就算这次不行，下次一定稳稳到手。"广冈说，"就用给我们社写的小说来竞争奖项吧，下回绝对没问题。"

"哎呀，我不是说过了么，我并不热盼着获奖。"

“您别这么说嘛。”

问题在于落选的原因，广冈搓着手思索。连续五次落选，说明寒川的作品可能根本不入现今评委的法眼。倘若如此，就需要重新考量了。不管他再努力几次，也只能落得同样结局。望月和乃木坂不知是谁获奖，即便落选的那位，与眼前这位落选作家相比，今后获奖的可能性也高得多，我应该先去烧烧冷灶才是上策。

“失陪一下。”驹井起身离席。他是去上洗手间，但同时也另有目的。

受不了，在里面都喘不过气了。从房间出来，他用力做了次深呼吸。简直就像在灵前守夜。寒川老师表面还在逞强，其实一看就知道他的沮丧劲儿。这么郁闷的地方要早点离开才是，找个什么理由溜掉呢？不过，听说他落选，倒是松了口气。

洗手间旁边有部电话，神田正站在那里接听。

怎么会这样！怎么会这样！怎么会这样！作家觉得这时必须努力表现开朗，但还是忍不住反复问自己。为什么总是我落选？我那部作品为什么得不到应有的评价？他的额上开始淌下黏热的汗珠。

我明白了。是那些评委忌妒我的才能。对，一定是这样。他们满怀危机感，唯恐我的名字和作品一旦广为流传，就会抢走他们的读者。他们害怕寒川心五郎，一心只顾着害怕了。这些人心胸何等狭窄啊！真是一帮卑鄙小人。他们就是靠这一手保住自己地位的。可恶可恶可恶！怎么会有这种事？怎么会有这种事？他感到头脑发热，手脚却出奇地冰冷。

获奖的是谁啊，快点跟我说了吧！鹤桥坐不住了，恨不得马上起身离去。是乃木坂吗？如果是她，我得火速赶去道贺。

这位大叔恐怕已经不中用了。广冈望着作家红得异样的面孔想到。回顾过去，他第一次入围的作品是写得最好的，之后作品的水准便慢慢下滑了。这次他的小说能入围，多半也是托了出版商正好是奖项赞助单位灸英社的福。他也有把岁数了，只怕指望不大。

门咣的一声开了，驹井冲了进来。

“老师、老师、老师！”驹井一把抱住寒川。

“怎么了？”

“恭喜老师！恭喜！”

“恭喜？难道是……”

“对，您获奖了，恭喜！”

“咦！”寒川双眼圆睁。

“消息确定吗？”广冈问。

“确定，神田边听电话边比了个胜利手势。”

“啊！”广冈和鹤桥同时大吼。

“祝贺老师！”鹤桥一把抓住寒川的右手。

“终于功夫不负苦心人，我就说我相信老师！”广冈紧紧握住寒川的左手。

“我……获奖了……”作家站起身。

获奖了！终于获奖了！这不是梦！我获奖了！苦节三十年，终于……终于……终于……我……我……我……获奖了……获奖了……获奖了！

“呀，老师！”

“寒川老师！”

“怎么办？”

“振作一点！”

“糟了！”

“哇——”

“脉搏、脉搏、脉搏——”

哎呀，太好了！接完电话，神田准备返回房间。补录合格实在幸运。这下总算不用复读了，老婆的歇斯底里应该也会好转一点。亏她竟然知道这里的电话号码。哦，想起来了，是我出门前留了便条。

他在房间前停下脚步。里面人声嘈杂，似乎慌乱得厉害，难道发生什么事了？

他正要推开房门，背后有人问：“您是神田先生吧？”

神田回过头，只见一个黑衣店员站在身后。

“我是。”神田说。

“有您的电话，是新日本小说家协会打来的。”

终于来了！他转过身，再度迈向电话机。

线香花火

1

墙上的时钟分针微动，指向晚上七点零三分。几乎与此同时，电话铃声响起。一直瞪着时钟的热海圭介望向灰色电话机，咽了一口唾沫。

终于来电话了！

这回应该是那个电话了。今天来了好几个不相干的电话，有推销楼盘的，也有兜售保险的，但这次应该是灸英社打来的，一个决定命运的电话。

热海站起身，做了个深呼吸。电话还在响，坦白说，他有点怕接电话。至今他已不知听过多少次“我们深表遗憾”这种通知落选的话了，不管经历了多少次，听到那句话的刹那，涌起的绝望都令人难以消受。

心跳比平常快了一倍，跳动的幅度也似乎剧烈了一倍，从颈动脉涌出的血液的鼓动，一直传到耳膜。

但不接电话是不行的。如果不早点接起来，对方或许会以为没人在家，就此挂断，那样他只会比现在更心浮气躁。

他握住话筒，缓缓拿起，闭上眼睛，将话筒拿到耳边。

“你好,我是热海……”一开口声音就变了调,随后更嘶哑起来，连咽口唾沫的工夫都没有。

“您好。”响起一个男子的声音，“我是灸英社的工作人员，您是热海圭介先生吧？”

“对，我是。”

果然是灸英社！怦怦。怦怦怦怦。

对方顿了顿又道：“祝贺您！小说灸英新人奖的评审会刚结束，评定您的《击铁之诗》为获奖作品。”

“哦？”

热血冲上头顶，在零点一秒内又涌往全身。

“真真真……真的吗？”

“是的，是真的。恭喜您。”

热海开始发抖。他已无法故作镇定了,拿着话筒不住来回踱步，另一只手不自觉地用力握拳，手心沁出汗水。这是在做梦吗？这种梦他已经做过好几次了，但这一次是千真万确的现实。

我获奖了？终于成为作家了吗？

“那，恕我冒昧，获奖作品在下月出版的《小说灸英》上刊登的事，没有什么问题吧？”

“是的，没有任何问题。”

热海更加飘飘然。我的小说将刊登在杂志上，我写的文字将会变成铅字！

“刊登获奖作品时，一般也会同时刊出作者的获奖感言，可以请您写一篇二百字左右的吗？”

“好，我马上就写，多少字都行。”

“那能麻烦您这周三左右写好吗？邮寄或传真过来都可以。”

“好的。”

这么快就有工作上门了。刚一获奖，立刻就有人请他写文章。

灸英社的编辑自称姓小堺。他向热海详细说明之后的预定计划后，留下电话和传真号码，挂了电话。

热海发了好一阵呆。梦寐以求的获奖，真正到来时反而很难产生真实感，简直叫人着急。

先报喜再说。

热海再度拿起话筒。需要通知这个喜讯的亲友，不消十个手指就能数完。

2

可算松口气了。

挂了电话，小堺肇开始抽烟，吐出烟雾的同时，长出了口气。半年一度的小说灸英新人奖评选工作终于告一段落了。

“给获奖者打电话了吗？”总编青田问。

“打了。”

“那人叫什么名字？”青田拿起放在小堺桌上的资料，上面记载了小说灸英新人奖最终候选作品的情节梗概和作家简历。“哦，看到了。热海圭介，私立太平大学文学系毕业，就职于一家办公器材制造企业……经历真平淡，没一点有趣特别的地方。年龄三十三岁，照片呢？”

“在这里。”

看到小堺递过来的照片，青田皱起眉头。

“就是这个家伙？看起来一点儿都不起眼。写的小说十足硬汉派风格，亏我还期待本人也是一副冷酷模样，没想到竟然长着张娃娃脸，还胖乎乎的，活脱就像个银行职员。”

“我倒觉得像个推销员。”

“是吗？长成这样，叫人也没兴趣刊登他的彩照了。说他像个推销员吧，恐怕连自己都推销不出去，完全没有卖点啊。”青田把热海的照片扔回桌上，“获奖作品叫什么来着，击铁之……”

“《击铁之诗》。”

“对，那部作品也毫无亮点可言。”

“是啊。”小堺附和，这是他的真心话，“相当晦涩难懂。”

“文笔也不敢恭维。”

“竟然还有‘就着纯波本威士忌大口吞下火鸡三明治’这种描写。”

“想不到都这年头了，还有人写这种类型的硬汉小说，吓了我一跳。可也难讲，说不定评委还就喜欢这种厚着脸皮写出来的调调。”青田抚着没刮的胡茬说，“我本来希望那个年轻女作家得奖的，她叫什么名字？我想想……”

“是藤原奈奈子吧，作品是《FLOWER FLOWER》。”

“对对，就是奈奈。她很不错，长得算漂亮，身材也够辣。”青田随手从小堺桌上拿起一张照片，不用说，自然是藤原奈奈子的。黑白照片上只能看到胸部以上的模样，青田却仿佛对她的身材了然于心。

“可她的作品第一个就落选了啊。”

评委大都把藤原奈奈子的作品批评得一无是处，认为文笔幼稚，充满自恋的味道。小堺也记得自己才一拜读就败下阵来。除了文笔不佳，小说情节也云山雾罩。

“应该事先给评委们看看奈奈的玉照，那样男评委的感想多半就不同了。”青田还有点不死心的样子，但一看手表，立刻神情大变，“哟，不说了，我得走了。”

总编拿起外衣。他要去银座接待各位评委。

“我准备给赤尾老师打个电话。”

“哦，那替我说一声，改日一起吃个饭。连载的事也委婉地提一提，如果不经常吹吹风，他转眼就忘了。”

“好的，我知道了。”

总编走后，小堺大大地打了个哈欠，又抽了根烟，然后拿起电话，联系畅销作家赤尾膳太郎。已经约他写篇短篇小说，但如果不打电话确认，只怕会被忘个一干二净。

时钟已近八点，这个夜晚平淡无奇，与往常毫无区别。

3

“干杯！”

欢呼声中，好几只酒杯碰在一起。势头太急，一只酒杯里的泡沫都溢了出来，那是热海的杯子。热海像要撮住溢出的泡沫般急急喝着啤酒，一口气喝下约三分之二，然后把酒杯搁在餐桌上。

朋友们一起鼓掌向他祝贺。

“谢谢大家。”热海低头道谢。

“能得奖真是太好了。”一进公司就是好朋友的光本说，“以前你就说过想成为小说家，现在终于如愿以偿了，我也替你高兴。”

热海也回想起了那时的事情。

“过去每次提起这个话题，别人几乎都嗤之以鼻，觉得作家不是那么容易就能当上的，只有光本鼓励我，说我一定会成功。”

“我不是在宽慰他，而是真心这么想。热海的想法一直不同流俗，对事物的见解也独具一格，所以我认为他一定能实现梦想。”光本似乎是在向大家解释。

“我明白我明白。过去热海对我谈到他的作家梦时，我也吃了一惊。这就是你所说的，他和我们普通人的想法不同吧。所以说，有些人注定能成为作家，因为他们天生就拥有独到的见解。”热海隔壁办公室的同事松原美代子强调。

这是一家热海等人下班后经常光顾的小酒吧，今晚几个同时进公司的朋友为他开了个庆祝酒会。

“话说回来，热海竟然成了作家，该怎么说呢，我还没反应过来。”一个姓伊势的同事说道，“这样说有点失礼，可他平时在公司里真是毫不惹眼。”

“这正是他了不起的地方啊，所谓真人不露相，不是吗？”光本反驳道，“他能在文学这一重要领域一鸣惊人，可见绝非平庸之辈。”

“说得没错。我们写两三页的报告都绞尽脑汁，热海却有本事写出小说，我真是刮目相看了。”伊势举杯向热海敬酒。

“你的小说会刊登在什么地方？”光本问热海。

“登在《小说灸英》这本杂志上。”

听了热海的回答，众人一阵感叹。

“好厉害！”

“成了名副其实的作家了。”

“真没想到我们身边竟会出现这等人物。”

大家争着给热海的酒杯倒上啤酒。

“今后别人都该称呼你大师了。”松原美代子的眼波心荡神驰起来。

“拜托千万不要那样叫，我哪够得上大师的资格。”说完，热海喝起啤酒。刚才那声“大师”在他心里不断回响。大师……

“公司这边你打算怎么办？”伊势问道。众人闻言都停下话头，望向热海。看来每个人都很关心这件事。

“工作方面，我正在反复考虑，”热海字斟句酌地说，“我想暂时还是工作和写作兼顾。”

“准备脚踩两只船吗？”

“算是吧。”

“真棒啊！”伊势羡慕地大声说，“很多人守着一份工作还战战兢兢生怕被裁员，没想到竟然有人能身兼二职，果然有本事的人就是了得。”

“可工作一旦忙碌起来，要兼顾会不会颇有难度？”光本显出担心的神色。

“是啊。我已经着手创作第二部小说，总觉得时间再充裕些就好了。我不希望因为时间紧迫而导致作品质量下降，那不是职业作家所为。”

众人听了，都一脸憧憬地点头。

“我说，你早晚会向直本奖发起冲击吧？”松原美代子提起日本最重要的文学奖。

“过一阵吧。”热海轻描淡写地承认，“不过我不会为了得奖而写作，只会写自己想写的题材。从这个意义上，我对出版社也必须有所选择。我不想跟硬给自己贴上某种风格标签的地方打交道。总之，先和灸英社合作一段时间看看，第二部小说就投给他们吧。”

“真令人期待。”

“热海大师，”伊势递出活页记事本和圆珠笔，“不好意思，能不能给我在这里签个名？”

“签名？”

“是啊，可以吗？”

“可以啊。”

“我也要！”其他人也纷纷离席凑过来。

“啊，我也想要签名！”

酒会转眼间变成了签名会。

4

内线电话响了，小堺过去接起一听，是前台打来的，通报有位姓热海的客人来访。

“热海？谁啊？”小堺疑惑地问，“他说来找我吗？”

“是的，他说找《小说灸英》的小堺编辑……”

小堺拿出记事本，翻到今天的那一页，上面乱七八糟地记着今天的工作安排，其中有一行凌乱的字迹——“热海（新人奖）下午四点左右"。

他想起来了。他曾拜托新人奖作者热海校对样稿，本来发传真就行，热海却说要送过来。

小堺应了声“马上过去”，然后离开座位，走到总编青田那里。

“热海来了，您要和他见个面吗？”小堺问。

青田皱起眉头。他的眉毛很浓，眉间也毛发丛生，看上去就像连成了一体。“热海？他是谁？”

“新人奖得主。”

“哦。”青田顿时兴味索然，“我就不去了。”

“这样啊。”

“对了，赤尾那边进度如何？”

“还没交稿。刚才我给他打了电话，但没人在家，是电话留言。”

“真是败给他了。”青田搔搔头，“今晚你一定要想法逮住他。”

“知道了。”说完，小堺从总编的办公桌前离开。

现在小堺满脑子想的都是赤尾膳太郎原稿的事。正如他所担心的，约定的交稿日已经过了，赤尾的原稿却一张也没送来。这位赤尾先生是极其忙碌的畅销作家，小堺也压根没指望能按时收到，但拖到现在时间也太紧迫了，如果今天拿不到至少将近一半的原稿，接下来形势会相当严峻。

小堺走到大厅，看到一个身穿西装、微微发胖的男人等在那里。之前看过热海的照片，但见面今天还是第一次。简单寒暄后，两人面对面坐下。

“客套话我就不说了，您是把校样拿过来了吗？”

“是的，就是这个。”热海珍而重之地抱着一个公事包，他从中拿出一叠复印纸。

小堺当下草草浏览一遍。新人奖的获奖作品通常都尽量按投稿时的原貌直接刊登，校样只是单纯校对一下文字上的错漏而已。

“好的，谢谢您专程送过来。”小堺说完就欠身准备站起。

“请问，”热海忽然开口了，“小说的插画怎样了？”

“插画？您说的‘怎样’是指……”

“我是想知道由谁来画。”

“哦，那是……”小堺打开记事本，“由丸金大吉这位画家来画。”

热海的表情不满地扭曲了。

“是这个人？我对他没什么印象，应该不算是拔尖的人才。我觉得影山寅次的画风很适合我的小说。”

“是吗？”

“能不能请影山先生来画？”热海平静地说。

小堺吃了一惊，细看他的表情，不像是开玩笑的样子。

“哎呀，这个有点……”

“办不到是吗？”

“丸金先生的画已经交稿了。”

“唔。”热海不满地撅起嘴唇，“我原本希望至少和我商量一下再决定人选。”

“实在抱歉。”

小堺正想起身作别，热海忽然说了声“噢，还有一件事”，又令他坐回座位。

“我把这个带来了。”热海从公事包里拿出一个很大的牛皮纸袋。

“这是什么？”

“获奖后写出的首部作品。”

“咦？”

“也就是最新作。”

“这么快就写出来了？”

“以前就写好了，现在重新修改了一遍。《击铁之诗》的主角这回将以香港为舞台展开战斗。”

“哦。”小堺往纸袋里瞄了一眼，里面至少装了一百张文字处理机打印出的纸，每一张都印得密密麻麻，如果换算成原稿用纸，应该不少于三百张。“页数相当多啊。”

“如果一次性刊登有困难，连载也可以的。”热海往椅背上一靠，跷起腿来。

“明白了，容我拿回编辑部研究看看。”

“麻烦你了。哦，还有，这次希望由影山寅次来画插画。”

“这个嘛，届时我们会考虑的。”

小堺刚回到办公室的座位，同事就招呼他：“小堺，赤尾的电话。”

“噢！来了来了！”他冲向电话。刚才从热海那里收到的校样随手搁在桌上，牛皮纸袋则塞在脚边的瓦楞纸箱里，纸箱的侧面用记号笔标着“其他送来的原稿（无发表计划）”。

5

看到书店里摆上了《小说灸英》十月号，封面登出标题“小说灸英新人奖公布”时，热海霎时感到眩晕。当然，这是喜悦的眩晕。

啊，终于，我终于实现梦想了！他颤抖着手拿起一本，想翻到目录看看，手指却几乎不听使唤。

好不容易翻开目录，热海迅速浏览了一遍，找到了！

小说灸英新人奖公布　获奖作品为热海圭介的《击铁之诗》

热海把这行字看了又看，差点忍不住笑出声来。他按捺住笑意，把放在那里的《小说灸英》全部抱起。

女店员朝他投来惊讶的眼神，像是很奇怪怎会有人一下子买五本同样的小说杂志。

“呃，其实，”热海边说边打开目录，“这位新人奖得主就是我。

这里有照片，一看就知道了。”

女店员看看照片，又看看他，轻轻点了点头：“确实是。”

“我就说吧，不会有错的。”

“真了不起，竟然拿到了新人奖。”

“哪里，你过奖啦。”

可能是听到了两人的对话，旁边的顾客纷纷开始打量热海。他觉得很不好意思，但被众人瞩目的感觉的确很愉快。

当晚，按照众亲戚的提议，在热海的父母家为他开了个庆祝会。饭桌摆放成コ字形，热海坐在上座，年迈的父母分坐两旁。做父母的之前一直不赞成儿子写小说，但这时看来也满心欢喜。

“嘿，做梦也没想到犬子竟然成了作家。这人啊，多活些年头偶尔还是能碰到喜事的。”父亲有了些酒意，语调变得很奇怪，脸因为酒意和兴奋涨得通红。

“以前你总说担心圭介，这下什么也不用担心了，作家可是很了不起的呢。”叔父也一派和颜悦色。

热海拿出刚上市的《小说灸英》，大家依次传阅着刊登有新人奖公布消息的那一页。

“真厉害！评委都是这么有名的作家，这一获奖真是身价百倍了。”叔父叹道。

“圭介，你的小说会出书吗？”伯母问道，“书也有单行本啊、文库本啊，很多类型的吧？”

“没错。”热海向她点点头，“我那篇《击铁之诗》是短篇小说，光这一篇不可能出书，但第二部小说我已经写好了，我想可以两部集结成册出版。”

"哦，这样啊。"

"第二部也是登在这本杂志上吗？"父亲问。

"对。第二部长一些，可能分期连载，编辑部说会考虑的。"

"这么快就写出下一部作品，出版社方面应该很高兴吧？"

"我想是。因为很多作家处女作很出色，但随后就江郎才尽了。"

"你不会的，你一直擅长创造有趣的故事嘛。"父亲露出慈祥的笑容说。

"既然是获得新人奖的小说，出书应该会大卖吧？"堂兄稍稍压低声音说道，"大概能卖多少本？"

"不太清楚。"热海摆出对这个问题不甚关心的表情，把一盅酒一气喝干，"详情我不知道，但听说像推理小说的井户川团步奖什么的，获奖作品能卖个十万本。"

"十万本？那个好像叫版税什么的收入，作家据说一般能拿到书价的百分之十，如果出的书定价两千元，那就是……"堂兄抱起胳膊沉思片刻，不由得瞪大眼睛，嘴也张得浑圆，"两千万？有两千万元入账？"

"哇！"席上一阵轰动。

"好家伙，这不是一下子发了大财吗？"叔父狂叫起来，"真好啊大哥，这下你也可以舒舒服服地养老了。"

"哪里，要是有那么顺利就好了。"说着，父亲眯起了眼睛。

母亲则在旁边捂着眼角，喜极而泣。

"真没想到竟有这样的喜事，不枉我辛苦把这孩子养育成人。"

或许是被她的眼泪所感染，几位伯母也纷纷掏出了手帕。

"你可以放心了，妈妈。"热海对母亲说，"今后我来照顾你，你什么都不用操心了。”

他的话愈发惹得大家拭泪不止。

晚上十点过后，聚会结束。叔父已经酩酊大醉，热海当下决定送他回家。叔父家离热海的父母家约有二百米，虽有女儿里美陪他一道回去，但他已醉得不省人事，只靠一个姑娘搀扶不住。

“圭介，给你添麻烦了。”回去的路上，里美向热海道歉。

“没什么，倒是里美你真不容易。”热海扶着叔父说道。

“也没有，我已经习惯了，觉得还好。”

里美比热海小五岁，母亲很早就过世了，父女两人相依为命。她迟迟未嫁听说也是因为担心父亲。

“话说回来，圭介你真厉害，竟然成了作家。”

“还算过得去而已。”

“你现在已经成了明星，往后一定还会更加了不起，说不定名声会越来越响，还会上电视做节目，遥远得我们再也无法企及。”

“没那回事。”热海口气坚定地说，“我就是我，即使成了作家，享了大名，也决不会忘记大家。”

“是吗？我啊，总觉得有点害怕，怕你会变得判若两人。”

“我不会改变的，我们一言为定。”

“真的？”

“真的。”

热海停下脚步。里美也站定了，两人彼此对望。

就在这时，叔父清醒过来了。“咦？这是在哪儿？没酒喝了？”

“爸爸你真是的……”

“叔叔，今晚的聚会已经结束啦。”热海再度扶着叔叔前行。里美望着他，嫣然一笑。

6

“热海，你过来一下。”科长一直在板着脸看一份资料，这时似乎下定了决心叫热海过来。

热海正在座位上推敲小说的构思，冷淡地回了声“是”后，来到科长桌前。“什么事？”

“我说你啊，最近的业绩实在很差劲。别在公司发呆了，去跑跑外勤吧？”

“我今天有份报告必须整理出来。”

“报告？你看起来可不像在忙这个事。”

“我正在归纳思路。”

“如果还只是在脑子里考虑，一边考虑一边拜访客户也没问题吧？工作要有效率、有效率。别忘了连你心不在焉的时候，公司也是照付薪水的。——你那是什么眼神，有什么不满吗？”科长透过金边眼镜抬头盯着热海。

“没有。”热海摇了摇头。他改变了想法，觉得在这儿跟这种人说什么都毫无意义。

“知道了就快点去。你在这儿磨磨蹭蹭的工夫，足够你拜访一个客户了。”科长连连摆手，活像在赶苍蝇。

同事们似乎在窥探这边的动静，热海就在这片目光中离开了营业所。他坐上平常跑业务用的轻便客货两用汽车，发动引擎，粗暴地驶出。

为什么我得被那个人颐指气使？为什么我得挨那样的痛骂？我啊，我可是获得了新人奖的职业作家。

他是在忌妒——热海得出结论。一直瞧不起的部下忽然赢得他梦想不到的崇高地位，他焦躁了，混乱了，不知该如何是好了。对，一定是这样。要说无能，那个人自己才是。

路上比往常更加拥堵。热海不耐烦地咂着嘴，无意中往路旁一看，发现那里有家小小的书店，一个年轻女子正站在文艺书架前浏览。

他不由得想象起自己的书摆放在书架上的样子，幻想大家伸手拿起那本书的情景。那真是令人振奋战栗的一幕，之前他不知梦想过多少次，但如今已不再是虚幻的梦境，而是近在咫尺，触手可及。

只要小说大卖，就能到手两千万、三千万……

他想起了自己目前的薪水。被那种愚蠢上司怒斥，对客户点头哈腰，才只拿到那么一点钱。这样看来，或许还是辞去工作，专注创作更好。

这是他最近一直在考虑的问题。辞职创作的想法十分诱人，在他心里挥之不去。

热海驾车抵达了客户公司，一走进办公室，社长就勃然变色，站起身来。

“喂，我跟你说，那个机器不行，又坏了。到底是怎么搞的？”

“咦？是吗？”

“少装傻！都因为你说是最新型的机器我才买的，结果偏在关键时刻挂掉，害得我们业务也跟着停摆。刚才我向你们公司打听过，据说那机器不光我一家，其他客户也有投诉。”社长满脸通红，唾沫横飞。

热海很想说“这难道是我的错吗”,但终究还是忍住了,道歉说:“真是对不起。”

“是你推销给我们的，你得负责想办法，今天一定要解决！”

热海答应了一声，随即和公司联系，不料得知售后服务人员已经全部出动，今天无法前去修理。

热海将交涉结果告诉了社长，社长愈发大怒。

“就是说我们得往后排？不把我们放在眼里是不是？总之，就因为你这个废物，人家才对我们爱理不理，快想个办法出来！”

“你说的废物……”

“不说你说谁？自从由你负责我们公司，就没碰到过一件好事！我听人说，你在营业所业绩也是垫底。像你这个德行，当然处处碰钉子。”

“……我再和售后服务部联络一下。”

“那你快打电话。不想出办法别打算回去！”

热海往公司拨着电话，同时在心里重复着社长刚才说的话。废物？我？小说灸英新人奖获奖作家的我？

公司售后服务部接通了，热海再度进行交涉，但事情并无转机。接电话的负责人大概很忙，语气也不客气起来。

“安抚客户应该是你们的工作吧？这点问题你们自己想办法解决，要是什么都听客户摆布，这种活连个木偶人也干得了。”

木偶人？热海正想反唇相讥，对方已经挂断。

“怎样？”背后的社长问道，“有什么办法没有？”

“呃……”

“还是来不了？”

“是的。”

“混账！”社长一脚把旁边的桌子踹飞。桌上的烟灰缸应声而落，正砸在热海脚上，痛得他眼泪都出来了。

社长仍不解气，什么“没本事”啊，“不顶用”啊，“窝囊废”啊，骂人的话滔滔不绝。

热海的心里开了个小洞，迅即扩大开来，有热热的东西涌入。

“让你这种人来跑业务根本就是个错误！不，应该说竟然有公司肯雇你，本身就够奇怪的。你这种人啊，你这种人啊……喂，你要去哪儿？”

热海无视社长的怒斥，离开了办公室，坐上汽车。

几分钟后，手机响了，是科长打来的。“喂，你扔下客户不管，自己去哪儿了？”科长的声音怒气冲冲。

“我在车上。”

“车上？你到底想干吗？”

“没什么。”

“你说什么……”对于部下出乎意料的反应，科长一时张口结舌。

“且不说这个，科长，我另外有事要说。”热海淡淡道，“很重要的事。”

7

包括小堺在内，《小说灸英》的编辑无不头大如斗。

下月号的杂志即将出版，但有位著名作家临阵脱逃，杂志版面无论如何都填不满。

“真愁死人了！如果差个二三十页也就罢了，这下差了将近一百页啊！”青田低吟起来，“小堺，你手上有没有稿件？送上门的啊，新人的啊，这种有没有？”

“有倒是有。”小堺俯身看着脚边的瓦楞纸箱。

“哟，这个怎样？看起来很厚。要是超过一百页，分个两三次连载也可以。叫《独狼之旅》？太烂了吧。这是谁的作品？”

“热海的，热海圭介。”

“热海？谁啊这是？”

小堺称是新人奖得主，青田点点头。

“原来是那个乏善可陈的人。想不到已经写出第二部了，你感觉如何？”

“不行。”小堺毫不犹豫地说，“情节平淡无奇，登场人物毫无个性，文笔也仍然很糟。说白了，就是业余水准的小说。”

“果然。我也觉得那人不行，根本没有作家的天分。”青田边说边把稿件还给小堺。

小堺直接扔进旁边的垃圾箱。“出版部好像也没打算出版他的获奖作品。”

这时，电话响了。离电话最近的青田拿起话筒：“您好，这里是《小说灸英》。”

对方似乎作了自我介绍，青田听后露出惊讶的表情。

“热海先生？呃，不知您是哪里的热海先生？”

小堺朝垃圾箱指指，青田不由得张大了嘴，会意地点点头。

“哦，想起来了，是那位热海先生啊。您好您好，那会儿多蒙关照了。我是总编青田。您之后情况如何……”青田笑容满面地说着，但下一刹那，他的表情冻结了。“咦，您说什么？”他大叫起来。

编辑们全都朝他看去。

“那不太合适吧。热海先生，还是重新考虑一下……什么？已经交了辞呈？怎么会……没什么，只是那样未免……”

青田的脸色愈来愈苍白。

编辑们察觉到发生了什么事，一个个蹑手蹑脚地开始离场。

过去的人

1

拆开收到的信件，热海丰介兴奋得双拳紧握。信里是一张邀请函，邀请他参加灸英社文学三奖的颁奖仪式。

“啊，终于来了！”他禁不住喃喃自语。

他在电脑前盘腿坐下，又仔细地看了一遍邀请函的内容。没错，确实是邀请函，连酒店的地图都附在上面，还是家很高级的酒店。会费看来也不用交，可以免费享用一顿高级酒店的大餐。

灸英社文学三奖是灸英出版社主办的三项文学奖的总称，包括从现有作家作品中选出的虎马文学奖、从公开征集的作品中选出的灸英新人奖，以及颁给在文学界取得众所公认成就者的灸英功劳奖。

其中炙英新人奖原名小说炙英新人奖，今年才改成现名，列入炙英社文学三奖之中。这一奖项由文艺杂志《小说炙英》主办，面向社会征集作品，因此对于想成为通俗作家的人来说，不啻为跻身文坛的捷径。

热海圭介是去年小说炙英新人奖得主，获奖作品是名为《击铁之诗》的硬汉小说。借着获奖的机会，他辞去了公司的工作，现在已是一名专职作家。但这一年来,他总共只出版了一本《击铁之诗》，平时靠给月刊杂志写写短篇小说赚点钱，但生活绝对谈不上优裕。他很想早点出版第二部小说，也已经把长篇稿件交给炙英社的编辑，但还没有任何消息。

热海正心焦着这样下去如何是好时，这张邀请函翩然而至。

我也已经有资格收到邀请函了！这是热海的真实感想。

热海对文坛派对早有所知。除了炙英社文学三奖，还有几个文学奖也会举办兼作颁奖仪式的派对。但热海至今还未获邀参加过，因为到去年为止，小说炙英新人奖从未举办过颁奖仪式，当时他只是应炙英社之邀，与评委一道去吃了顿中华料理而已。

此外，作家组织也会举行诸如联谊会的活动，但这些组织热海一个都没加入。他不知道怎样才能加入，也没有人邀请他。

他一直希望有一天能去文坛派对见识一下。那究竟是怎样的繁华世界呢？他不禁浮想联翩。

如今，热海终于能去那心向神往的所在了。他获得了邀请。他感到别人终于承认自己是个够分量的作家了。

热海又读了一遍邀请函。炙英社文学三奖颁奖仪式——这该具有何等重大的影响力啊！他觉得自己最好新做一套西装，头发也得去美发店打理一下。

话说回来——热海盯着邀请函上列出的获奖作品心想，这小子还真走运。一年之隔，就能享受这么盛大的派对。

他忌妒的是今年灸英新人奖得主。只晚一年获奖，待遇比起他当时的中华料理店聚餐可谓天壤之别。

获奖者名叫唐伞忏悔，一个很滑稽的笔名，看不出性别。获奖作品名为《虚无僧[①]侦探早非》，究竟是什么内容，热海完全无法想象。

在参加派对前，得弄清楚这部作品的情况。恐怕十有八九是业余之作，毛病多多。他准备在会场见面时，给作者提上一两点意见。

2

《小说灸英》编辑部的小堺肇心急如焚。再有三十分钟颁奖仪式就要开始了，新人奖得主却还迟迟没到。

他正在酒店大堂焦急地等待，忽听有人叫了一声："小堺先生。"声音是从休息区传来的。

小堺循声望去，只见一个男人在朝他挥手。那人身穿浅蓝色西装搭配粉色衬衫，打一条大红领带，笑容满面地望着他。

那是谁啊，小堺暗忖。看起来有点眼熟，但就是想不起来。

此人说不定是个重要人物，忘了只怕不好交代。他当即堆出殷勤笑容走过去。

---

①日本禅宗支派普化宗的僧徒，头戴深草笠，吹尺八，云游四海。

“您好，那个……好久不见了。”不管怎样先寒暄了再说，他随即从怀里掏出一张名片递上。这一招旨在让对方也回一张名片。

那人看了看他的名片，笑了起来。

“你也没换部门嘛，这样的名片我已经有一张了。”

糟了，以前就交换过名片吗？

那人从西装口袋里拿出名片盒。

“其实我也刚印了名片，这值得纪念的第一张就送给小堺先生吧。”

“那真是太感谢了。”

小堺暗呼走运，收下名片。名片上印着“作家热海圭介”，这下他总算想起来了。此人是个新人作家，写过两篇短篇小说，都平平无奇。

小堺心里叫苦，撞到了一个麻烦角色。

“您今天怎么会在这里？是有事商洽还是别的原因？”

热海惊讶地皱起眉头。

“是你们邀请我来参加派对的啊。”

“噢，是吗？”

连这种程度的新人都寄了邀请函啊，小堺暗想。这样派对的预算应该会超支了。

“我来得早了些，在这里喝杯咖啡，你也来坐坐吧？”热海说。

小堺摆出遗憾的表情。

“心领了，可我还得去准备会场。”

“这样啊。”

“抱歉，回头见吧。”小堺匆忙离开。

他那里可不是个善地，小堺心想。别说自己根本没有闲工夫喝咖啡，就算有，也不想和他打交道。肯定得由自己付账，况且自己也没打算约他写稿。

小堺看了看刚收到的名片。居然有人在名片上公然印上“作家”头衔，他还是第一次见。不经意地看了眼背面，小堺顿时瞪大眼睛。那里印着如下内容：

曾获第七届小说灸英新人奖（现灸英新人奖——灸英社文学三奖之一）

获奖作品《击铁之诗》（灸英社出版）

这下小堺恍然大悟，明白热海受到邀请的原因了。热海是去年小说灸英新人奖得主这回事，他原本已经忘得一干二净。

3

颁奖仪式比预定时间晚开始了约十分钟。首先是虎马文学奖的颁奖，由评委报告评选经过，随后获奖者发表获奖感言。之后颁发灸英新人奖，先由一位评委上台致辞，他是个主写本格推理小说的畅销作家。

“获奖作品《虚无僧侦探早非》确实是部颇富争议之作，我们评委阅读时也大为震撼。但评审会对这部小说的获奖没有任何争议，从一开始就全体一致，我想是因为有如此才华横溢的作家横空出世，令我们深感欣喜。至于获奖作品的内容，由于是部争议作品，无法作任何透露，还请各位来宾亲自阅读，享受小说中那特别的世界。”

然后是获奖者发言，名为唐伞忏悔的作家出现在台上。那是个瘦瘦的青年，身穿灰色西装，一张脸白白的。他的名字很怪异，热海本来一心期待着想看看会出现怎样一个怪人，没想到竟如此普通，不由得十分扫兴。

他的致辞也寻常之极，罗列的都是诸如“能获奖非常感谢”，“拙作竟获得如此重要的奖项，不禁惶恐无地”这种陈词滥调。

端着在会场入口领到的兑酒的酒杯，热海暗忖，这人也没什么了不起。他原本心怀警惕，担心如果这位新人作家个性强烈，今后可能成为自己的劲敌，但既然是如此平庸的一个人，应该写不出什么杰作，不必放在眼里。

就连获奖作品也很糟糕，热海想。读过《小说灸英》上刊登的获奖作品，他简直无法置评。不，倒不如说几乎看不懂到底在写些什么。是不是推理小说也搞不清楚，结局也理解不了。

正因如此，他对这部小说竟能获奖感到不可思议。但听了刚才评委报告的评选经过，他觉得多少能理解获奖的原因了。简单来说，就是作品天马行空的风格正好对了评委的胃口。至于情节、主题、文笔等等，在这种情况下就被列为次要的考虑了。

昙花一现而已，热海下了结论。一开始别人可能觉得这样的作品很有趣，但一个作家总不能一直只靠天马行空这一手。热海预料他早晚会销声匿迹，不由得放了心。获奖者写的不是厚重细腻、气势宏大的硬汉小说，这真是太好了，他松了口气。

颁奖仪式结束后，直接转为立餐形式的派对。有人马上聚在摆放的食物旁，有人四处转悠寻找朋友，著名作家身边早已围上了一圈编辑。

热海环顾四周。除了灸英社，应该还来了很多其他出版社的负责人，虽然他几乎都不认识，但他觉得对方有可能知道自己，因为月刊杂志的目录上多次登过他的肖像照。

他隔着西装确认了内袋里名片的触感。这盒名片就是为了今天这个场合印制的，只要亮出名片，随后遇到的来宾就会明白他为什么获邀参加了。热海预计他们还会投来艳羡和尊敬的眼神，可能会向自己索取签名，也可能要求合影留念，如果是出版界人士，说不定会借机约稿。

自己应该是很引人注目的，这一点他颇有自信。选择服装时他就是以醒目为优先考量，文坛派对上云集了个性迥异的作家，他认为要想在其中引人注日，服装也必须独具风格。在进入会场前，他还特意戴上了墨镜，为的就是看起来比较有硬汉派作家的味道。

热海圭介在此！他很想向周围大声宣告。去年新人奖得主就在这里哦。比今年的获奖者更有个性，已经出版了一部小说的职业作家就在这里哦。你们没发现吗？我是热海圭介哦，《击铁之诗》的作者……

热海正在东张西望，忽然定了下来。他捕捉到的照例又是小塄的身影。不，准确说来，是他旁边的青年，今年的获奖者唐伞忏悔。

热海大踏步迈向那边。

4

哇，麻烦来了，小堺扫兴地想。他发现热海圭介正朝自己走来，却又不能视而不见，再怎么说，人家毕竟是去年的获奖者。

唐伞忏悔心不在焉地站在一旁。这个年轻人本是今晚这华丽舞台的主角，他身上却找不出一丝一毫的霸气，简直让人觉得不可思议，他怎能写出那样一部杰作？

刚才总编青田领着唐伞四处走动，把他介绍给熟络的作家，现在刚向畅销作家介绍完，停下脚步考虑下一个去找谁，就在这时被热海眼尖看到了。

热海笑眯眯地走到他们旁边。

“刚才叨扰你了。”他首先向小堺挥挥手。

“招待不周，多多包涵。”小堺点头致意后，在神情讶然的青田耳边悄声说：“他姓热海，是去年新人奖得主。”

“啊，幸会。”总编急忙堆出笑容，“谢谢您在百忙之中赏光。来向您介绍一下，他就是这次新人奖得主唐伞，唐伞忏悔。”接着转向唐伞：“呃，这位老师是去年小说灸英新人奖得主热海……”

“热海圭介先生。”小堺赶紧接口。

“你好。”唐伞向热海点点头，脸上仍然没什么表情。

“我拜读了你的获奖作品，”热海说，“写得很出色。”

“谢谢。”

“想不到有人会创作出那样的世界，这就是所谓的天马行空的小说吧？小说里的世界观真令人意外。”

“噢……”

“文笔方面，今后会慢慢纯熟的，不必过于在意。问题在于那种世界观是不是任何领域都能适用。依我看，推理小说还是需要具备整合性，或者说合理性的，另外角色的刻画也很重要。”

唐伞沉默地望着小堺，大概是觉得热海的话不可理解。

也难怪，小堺想。唐伞的获奖作品是这样一种结构，乍看感觉是个荒谬的故事，最后却表现出无懈可击的合理性。小说之所以能获奖，与这种精妙的逻辑，以及支撑起这种逻辑的文笔密不可分。唐伞心里多半在想，这个前辈作家到底在扯些什么啊。

热海并没注意到唐伞的反应，口若悬河地尽说些不得要领的话。小堺只得硬生生打断。

“前辈作家的话果然令人受益良多。热海先生，唐伞还是个新人，今后还请多多提点。”

“嗯，如果有什么意见，我会告诉他的。”

“多谢多谢。”小堺在唐伞背上推了一把，远远躲开热海。

“唉，真是服了他了。”总编青田苦笑道，“想不到他竟会冒出那种奇谈怪论。他是叫热海圭介吗？获奖作品是什么？”

“击铁之……”小堺瞥了一眼之前收到的名片背面，“《击铁之诗》。”

“那个标题我也有点印象，写的什么内容？”

“嗯……是什么来着？我记得像是硬汉小说。”

“是吗？无所谓，反正都是过去的人了。”

5

晚上八点出头，派对已经宣告结束，人们纷纷从会场离去。有的作家带着前呼后拥的编辑去六本木或银座玩乐，参加获奖者庆祝酒会续摊的人看来也不少。

热海圭介一直站在会场出入口旁边，期待着有人主动向他搭讪，或者寥寥可数的几个朋友恰巧从这里路过。

然而谁都对他不屑一顾，就好像那里根本没人似的，看也不看一眼便径直走过。

这是怎么回事？热海暗忖。虽然当初获奖时没有举行过如此盛大的颁奖仪式，但怎么说自己也是获奖者啊，获奖感言也刊登在《小说灸英》上，还同时登出了自己的彩页。

我已经有小说出版了单行本，也在杂志上发表过短篇小说，为什么还是没人理会？为什么谁也没注意到我？

会场上有个摄影师，应该是灸英社请来的，他对着作家拍个不停，对今年的获奖者更是特别拍了好几张。热海刻意从他身旁走过，想引起注意，但对方就像没看见一般。

到头来还是被当成菜鸟看待啊，热海这样解释。原来除了获奖者可以另当别论，出道两年的新人还是享受不了作家待遇，还需要更久的时间才能获得承认。

热海正要死心离开会场，忽然看到一个人——灸英社出版部的总编神田。《击铁之诗》的单行本就是神田负责出版的。

“神田先生。”热海叫住他。

埋头走路的神田闻声抬头，看到热海，瞬间流露出困惑的神情，尔后“啊”了一声，开口了。

“热海先生，你也来了？”

“是啊，当然了，因为我是去年的获奖者。”

“咦？请问，你获的是什么奖？”

“当然是小说灸英新人奖了。”

“哦，是吗？”神田拿出一个记事本，翻开查看。记事本里密密麻麻地不知记了些什么。“没错，获奖作品是《击铁之诗》。哟，还是我们社办的新人奖？”

“你这记事本上记的是什么？”

“你问这个？这是各种新人奖的获奖作品一览表。不这么记下来，马上就忘个精光了。”神田把打开的页面亮给热海看。

热海顿时差点头晕眼花。那上面密密麻麻记载的确实是新人文学奖的获奖作品。

“你把历年来各类新人奖的获奖作品全都记录下来了？实在太厉害了。”

神田摇头。

“要做历年的全记录根本不可能，这只是去年一年的。”

“什么？一年？怎么会……”

“是真的。这还不是全部，如果把全国举办的各种小型文学奖也包括进去，大约有四百个。”

“四百……”

“也就是说，每年有四百位新人奖得主诞生。这么多我怎么也记不住，所以就记在记事本上了。”神田微微一笑，合上记事本，“哎呀，热海先生，你怎么了？脸色看起来不太好啊？”

6

“让您久等了。”

看到迟迟才出现的小堺，青田不满地扭曲了脸。

“你在磨蹭什么？其他人都已经去唐伞续摊的会场了，让评委等太久可不合适。”

“对不起，我是被寒川老师逮住了。”

“寒川？他也来了吗？”

“是啊，我本来也没发现，正要走时被他叫住了，他问我续摊的会场在哪里。”

青田咂嘴道：“你告诉他了？”

“总不能不说吧。”

“唔。”总编低吟起来。

“看样子他想在续摊后也一直跟着我们，大概打的是让我们陪他去银座一带的算盘吧。伤脑筋，他的自我感觉还是跟当年畅销时那么良好，一点都没变。”

“寒川老师毕竟也曾连续五年入围那个文学奖啊。”

“那几年正是他的巅峰期，如果当时能获奖，之后的情形或许就截然不同了。但结果还是没得上，他的好运也就到此为止了。”

“连他这样活跃在第一线的人，如今也已成为过去的人了吗？”

“差不多吧。如今各家出版社都对他敬而远之，我们出版部的神田本来跟他交情最好，最近听说也在躲着他了。”

“那我们也不能招惹霉运上身。”

“这还用说？从续摊的会场转移阵地时，要看准寒川起身去上洗手间的时候行动，抓紧那个空隙溜出酒店。明白了？”

“明白。”

“顺便再交代一句，对西阵老师和羽生先生的接待也点到为止就可以了。”

“咦，他们两个人也不行了吗？”

“业务部的报告指出，两人虽被视为畅销作家，但根据电脑分析，他们现阶段的人气只能再保持两年左右。而在未来的两年里，他们并没有在我们社出书的计划，现在下本钱接待，到头来很有可能白忙一场。”

“再过两年，他们也会成为过去的人吗？”小堺抱起胳膊，心想这真是个严酷的世界，“对了，唐伞呢？”

“他上洗手间去了。哦，还有一件事。”青田迅速扫视四周，确认没人注意后，从怀里掏出手机，“藤原奈奈子刚才发了邮件过来，说原稿已经写好了，看来是想马上给我们看看。”

“哦？就是那个长得很漂亮的奈奈？”小堺也不由得抬高了声音。

藤原奈奈子入围了去年新人奖的决选名单，只是未能折桂。她年轻漂亮，小说写得也还过得去，是灸英社很想力捧的人才。这一年来，灸英社一直在背后支持她，现在稿子终于完成了，可惜已经来不及应征今年的新人奖，但明年很可能会安排她获奖。

“真让人期待，我们一定能把她打造成文坛上的明星。”

“是啊。明年的评委全是男性，如果给他们看看她的照片，应该会对获奖大有助力。喂，小堺，接下来你就要忙了，首先得阅读原稿，提出修改意见，因为她写的肯定还是那种甜得发腻的小说。”

“我知道了。今后一年我会全力以赴推出唐伞的新作，同时也尽量抽出时间跟进藤原奈奈子的作品。”

小堺说得干劲十足，青田却似乎并不满意。

他沉默不语，仿佛在思索什么，又道：“唐伞的新作随便做做就可以了，用不着下大力气。最重要的是奈奈，你要对藤原奈奈子投入全力。”

“可《虚无僧侦探早非》是部杰作啊。”

“我当然知道那是杰作。但你以为那种杰作能连续写出来吗？下一部不管写什么题材，与处女作一比都会相形见绌，书评也会纷纷抨击，于是作者本人也陷入苦恼，一苦恼就更写不出来，如此恶性循环，绝对错不了的。”

“是吗？”

“正是。所以现在不管怎样先拼命卖《虚无僧侦探早非》，往后的事就不必费神去想了，你就当那是唐伞忏悔一生唯一的作品好了。”

“唯一……可颁奖仪式才刚结束啊！”

“你怎么这么不开窍？”青田板起脸来，“颁奖仪式一结束，他就已经是过去的人了。”

评审会

1

寒川刚啜了一口咖啡，听到神田的话，差点全喷了出来。他慌忙咽下咖啡，用手背擦干净嘴角，抬头望着神田。

“你刚才说什么？”

“是这样，”灸英社的总编神田笑容满面，“我们诚邀大师担任评委。”

“我？”寒川几乎就要喜形于色，幸好下死劲忍住了，“什么奖项的？”

“是这次新设的新人奖，叫灸英社推理小说新人奖。”

“请我当这个新人奖的评委？”

“没错。”

“原来是找我当评委啊，真是服了你了。听你说有事商量，我还想到底是什么事呢，怎么也没想到竟然会提出这个要求。”

寒川再也绷不住了，满脸都是笑容。

“您意下如何？”神田两手杵在桌上，抬眼望着他。

“你可真给我出了道难题，”寒川掠了一下稀疏的头发，“我从没担任过评委。”

“大师，谁都是从零开始的。”

“话是这么说……”寒川下意识地用调羹搅着咖啡。

他表面上装得犹豫不决，其实心里恨不得一口答应下来。但如果答应得太爽快，神田或许就会觉得“他好像乐不可支嘛”，为了不让神田看出自己满心欢喜，他才有意摆摆架子。

而且他还有事要问个清楚。

“为什么会找上我呢？除我之外还有大把作家吧？”

神田朝他探出身子。

“大师，作家的确很多，但真正眼光锐利、能够洞悉推理小说优劣的人并不多。这话我不好公开说，但依我个人感觉，差不多也就这个数吧。”神田摊开双手，看来是在暗示只有十个人，“而这些够资格的作家，几乎都已经担任过好几次评委，说是缺乏新鲜感也好，体现不出奖项特色也好……总之这次新设奖项的评委，我们希望邀请尚未有过评审经验、像一张白纸般纯净的作家担任。而我刚才也说过，评委必须具备真正的犀利眼光，同时符合这两个条件的，就非寒川大师莫属了。”

听着神田的解释，寒川不由得露出了笑容。说得好，说得好，这正是他想听的。

“或许是吧，可我平常写作很忙，以前也有人邀请我当评委，我全部谢绝了。”

这当然是鬼话。从来没有人邀请过他，更不要说谢绝了。

“真的不行吗？”神田抬头窥探着寒川的脸色，“当然，我们决不强人所难。”

寒川不禁有点发急。从神田的表情看得出来，如果再推托，他就准备放弃了。若因架子摆得太足把对方吓跑，那真是鸡飞蛋打，白白欢喜一场。

“别误会，我并不是说绝对不行，只不过不太方便当场给答复。”

“那大师愿意考虑一下喽？”

“是啊，我一两天内给你回音。”

“好的。提出这种让您为难的要求，真是不好意思。如果大师肯助一臂之力，这次的新人奖一定会办得很成功。务请大师多多关照。”神田深鞠一躬。

离开咖啡馆，走到大街的一个拐角处，寒川忍不住振臂做了个胜利手势。若非周围人来人往，他简直恨不得呐喊几声。

成功了！我终于当上评委了！我寒川也要评选奖项了，我要去评选新人奖，阅读候选作品后选出推荐作品，出席评审会，和其他评委讨论评议，评出获奖作后发表评审意见，从今天起我也是文学奖的评委了！

寒川边走边拿出手机，给要好的作家朋友打电话。

“喂，是我，寒川。刚有麻烦事找上门来……是这样，别人找我当新人奖的评委……嗯，是灸英社的新人奖。我也是盛情难却啊，神田一向很关照我，我也不好回绝。但就这么稀里糊涂答应下来，想想还真麻烦……哎呀，竟然找我当评委，真是想不到，这么说来，莫非我也够得上资深作家了？”

寒川兴高采烈地说个不停。不用说，当晚他就给神田打了电话，答应担任评委。

2

寒川收到四部新人奖候选作品，是大约半年之后的事了。四部作品都是短篇，换算成原稿用纸约五十张到一百张不等。

看着四部装订成册的小说，寒川抱起胳膊暗想，这一天终于到来了。他浑身上下干劲十足。多少年来望穿秋水，等的就是这一天。

寒川心五郎已经当了三十多年作家。当年他的作品被评为小说杂志新人奖的佳作，从此在文坛崭露头角，之后几十年间笔耕不辍，著作日增。遗憾的是，他至今还没有任何代表作，出版的小说也大多止于初版。虽曾入围文学奖，但从来无缘折桂，徒然错过不少大好机会。之所以能以作家身份为生至今，靠的就是笔不停挥地勤奋写作。只要有人约稿，不管时限多么十万火急，他从未拒绝过。小说杂志的编辑都觉得他是个“好用的作家”，他对这一点也心知肚明。他很清楚，这正是他赖以立身的资本。

但他丝毫没有因此而壮志消歇，渴望成为畅销作家的愿望一如既往地强烈。他渴望出名，更期盼获得大众认同，总是梦想有一天成为一流作家，被公认为作家中卓尔不群的存在。

在他看来，当上文学奖项的评委，正是身为作家获得认可的证明。评委可以居高临下地评价其他作家的作品，或者评定合格，或者打上不合格的烙印，真可谓作家中的作家。

寒川一直想，什么时候自己也能当回评委呢？多年来他不断和文学奖擦肩而过，觉得哪怕就一次也好，真想一改总是被别人评审的立场，反过来尝尝评审别人作品的滋味。

这个梦想今天终于成真了。

寒川做了个深呼吸，拿起一部候选小说。这是他有生以来评审的第一部作品，很有纪念意义。作品名叫《虚无僧侦探早非》，是在电脑上写成然后打印出来的。听说最近几乎没人手写稿子了，想到以往的评委都得看五花八门的手写原稿，寒川不禁觉得他们真是辛苦。

看了一会儿，寒川忍不住频频皱起眉头。小说带有一种矫揉造作的风格，很不容易看下去。他从旁边的笔筒里拔出一支红圆珠笔，开始对不满意的地方动手修改。

不对，打住打住！

他又把圆珠笔放回原位。自己的任务是评价作品，而不是上阵修改，他总算想起来了。

他接着往下看。小说里很多地方都让他觉得磕磕绊绊，但他还是耐着性子细读。

这份工作着实累人啊，他不禁叹了口气。可感叹归感叹，他一点也不觉得厌烦。

看完《虚无僧侦探早非》，寒川暗暗摇头。他认为这部作品明显不够格，内容太过荒诞无稽。看到中间，情节已经一塌糊涂，结局也叫人莫名其妙。说得直白一点，这部作品的趣味到底在哪里，为什么竟能通过层层筛选入围，他完全想不通。

他把《虚无僧侦探早非》丢到一边，拿起下一本《辐射线路的杀意》。

3

召开评审会的日子终于到了，寒川来到会场所在的酒店。

会场里已经有神田等几位编辑恭候，一个名叫友引三郎的评委也早早到达。除了寒川和友引外，还有一位评委，一共三人。

其他两位评委寒川都知道，并且也认识。他们的作家生涯都和寒川差不多，知名度也半斤八两，应该也都是第一次担任评委。

“寒川兄，你觉得如何？”友引悄声问道。

“你指什么？”

“候选作品啊。有没有觉得有趣的？”

“这个呀，这会儿就别问了，等一下可以慢慢讨论啊。”

“话是这么说，有没有想要推荐的作品，说来听听总不要紧吧？”

“倒也是。有一部我觉得还不错，应该就是它了。”

“是吗？”

“那你呢？”

“我嘛，现在还拿不定主意。我想先听听其他人的意见再作定夺。”

“哦。”

寒川觉得很意外，盯着友引的侧脸心想，居然还有人犹豫不决。

实际上寒川来参加评审会之前，已经选定了一部作品。他确信那是获奖的不二之选，不管谁来看，都会发现水准与其他作品截然不同，根本没什么好犹豫的。

另外一名评委名叫轰木花子，是个女作家，这时也抵达了会场。看到人已到齐，神田站起身。

“第一届灸英社推理小说新人奖的评审会现在开始，会议由我主持，请多指教。”

包括神田在内，四个人分成两组，隔着一张大会议桌相对而坐。寒川的旁边是神田，对面是友引，斜前方是轰木花子。

“不知道为什么有点紧张。我还是第一次当评委，”轰木花子圆圆的脸上泛着几分红晕，“总觉得责任重大。”

“这只是新人奖而已，大可以轻松自在地来评选，反正也不是一奖定终生。”友引撇了撇嘴角。

“看你说的，说不定很多人都希望凭借获奖的机会正式成为作家，想到这一点，怎么能不慎重评选呢？”轰木花子狠狠地瞪着友引。

“一个人如果真心想当作家，即使这次落选了，也会继续朝目标奋斗。要是获奖就努力当作家，落选就马上打退堂鼓，这种半吊子根本就不会成功。”

“人家会不会成功你怎么知道？”

“没错，以后的事谁也不知道，所以用不着考虑得那么长远。”

“我不是这个意思——”

“好了好了，两位冷静一下。”神田欠起身，张开双臂作势安抚，

“我们先来进行评审吧。争论当然可以，但请围绕作品本身展开。”

轰木花子似乎还想说什么，但终于勉强点了点头。友引没做声，只顾看着候选作品的复印件。

“这次一共有四部候选作品，首先请各位评委按照A、B、C三个等级分别给出评价，等大家全部评价过后，再就个别作品展开讨论……”神田扫了一眼三人，接着说，“这样没有问题吧？接下来，先请轰木大师发言。”

“咦，我先发言？”

“也不一定，从谁开始都可以……”

“那就我先说吧。”友引说。

“不用，我先谈谈意见。”轰木挺直了背，从包里拿出一个笔记本，“首先是《辐射线路的杀意》，根据小说的设定，案件发生在一个大家族里，各人之间的血缘关系错综复杂。我觉得硬伤还是多了一点，虽然各个角色的想法，或者说杀意确实就像一个插线板引出的许多条线路般纠结不清，颇为精彩，但我还是觉得《野猪的诅咒》更——”

“等一下，大师，轰木大师！”神田急忙制止，“详细的感想可以留到后面再谈，现在只要评出ABC就可以了。”

“是吗？不好意思，那我就长话短说，《辐射线路》是B，《野猪》是A。”

寒川闻言不禁有些发愁，这和他的评价有些出入。他心想，评审或许不像预想中那么顺利。

“《虚无僧侦探早非》是C，这部简直是游戏之作。另外，《皆杀》也是C。”

“啊？”友引似乎想说什么，但旋又低头看回自己的笔记，“接下来该我了。坦白说，我觉得没有哪部作品值得评为A，如果硬要选出一部，就是《皆杀》了，这部可以算是A。”

轰木花子瞪大了眼睛，吃惊地看着友引。

“《虚无僧侦探早非》不用说了，C。其他两部都差不多，《辐射线路》算它是B好了，《野猪》是C。”

轰木咬着嘴唇，看起来好像很不甘心。

寒川也被友引的意见吓了一跳，这和他的评价也不一样。

他霎时有些踌躇，不知该如何是好，但转念又想，都到这个时候了，不应该再改变看法。

“寒川大师呢？”神田问。

“我嘛，”寒川干咳了一声，说道，“我认为《辐射线路的杀意》是A，《野猪的诅咒》是B，《虚无僧侦探早非》是C。另外，《皆杀》是B。”

友引闻言不悦地嘟起了嘴，看来是不满他把《皆杀》评为B。

“大家意见很不统一啊。”神田一脸困惑，“那么先把一致评为C的《虚无僧侦探早非》排除可以吗？”

“可以。”轰木花子说。

“我不太清楚这部作品到底想表达什么。”友引歪着头说，“作者是急就章赶出来的吧？后半部分简直矛盾百出。”

“而且故事讲得有头无尾，不了了之。”寒川也赞同他的看法。

“就是就是。虚无僧居然活跃在现代日本，根本就是乱来。文笔也烂得不行。”

“那么决定了，《虚无僧侦探早非》落选。”神田掏出手帕擦了擦额头的汗珠，“剩下这三部作品就伤脑筋了。”

“我说寒川兄，”友引说，“你为什么认为《皆杀》是B？”

“因为那应该不算推理小说，而是官能小说。”

“那叫官能推理。既有意外性，情色场景也描绘得入木三分，我看相当有意思。”

“可格调未免低了点。”轰木皱眉道。

“官能小说就要这样才够味，那种所谓格调高雅的官能小说简直没劲透了。”

“可是说到趣味性，恐怕还要数《野猪的诅咒》吧？虽然属于比较正统的恐怖小说。”

“那部小说阴森森的，无趣得很。”友引不屑地说。

“当恐怖小说来看或许不错，但它很明显不是推理小说。”寒川向轰木说，“里面的核心诡计用的是诅咒这种超自然现象，我觉得这有点不妥，缺少公平性，对推理爱好者来说，难免会觉得扫兴。而《辐射线路的杀意》在公平性上处理得无懈可击。”

“的确无懈可击，可没什么新鲜感。”友引歪着嘴说。

“是吗？”

“它只是人际关系设定得错综复杂而已，到最后揭露的动机仍然不外乎男女之间的爱憎啊、觊觎财产啊这些老八股。就算那复杂的人际关系，说到底也只是做爷爷的纳了一堆妾造成的。”

“可里面的诡计设计得很精妙，案犯也具有意外性。”

“是吗？”友引低吟道。

“要说诡计，我认为《野猪》更胜一筹。”

“我刚才也说了，那算不上诡计，咒杀这玩意儿太超现实了。”

“可小说的前提就是假定有这种方法存在，也就不存在不公平的问题。”

“要照这么说，岂不是百无禁忌，作者爱怎么写都行？”

“我倒觉得百无禁忌也没什么，”友引说，“重要的是精彩程度如何，只要精彩，怎样写都不妨。而《皆杀》在精彩度上是最棒的，情色场景描写得很出色，叫人血脉贲张。《野猪》就不行，一点意思都没有，看得人心烦。”

“什么话！还是《野猪》最棒，这一点我绝对不让步！”

“老是《野猪》《野猪》的，再怎么跟野猪心心相通、引为同类，也不用这么两肋插刀吧。”

“你说什么？”轰木花子恼火地吊起眼睛，“真、真是没礼貌，我看你才是个就喜欢色情东西的好色老头子！”

“你说什么？”

“好了好了，不要吵了。”

灸英社推理小说新人奖的评审会就这样陷入第一轮唇枪舌剑。经过三个半小时的讨论，最后终于按照神田的提议，评定寒川打了A、另外两人也打了B的《辐射线路的杀意》为获奖作品，评审会就此圆满落幕。寒川固然心满意足，针锋相对的轰木花子和友引吵得筋疲力尽之余，也都觉得只要对头看中的作品没有当选，别的都无所谓。

寒川后来才知道，《辐射线路的杀意》的作者已经五十四岁，目前在市政府工作。本来没多久就要退休了，这下又找到了写作这一新的人生道路，对他来说想必是一大幸事。

参加完评审会后的酒宴，寒川带着微醺的感觉踏上归途。他感到整个人都神清气爽，不由得又想，当评委的滋味果然很美妙。他已早早开始期待明年的评审会了。

4

宴会结束后，神田和其他几个列席评审会的编辑马上回到公司。他们谁也没有醉意，这也很自然，因为还有重要工作等着他们集中精力处理。

“人都齐了，”神田扫了一眼几个部下，“那就开始吧？”

部下们慢吞吞地各自就座，一个个看起来都无精打采，神田的心情也很沉重。但这是上层的命令，无法违背。

“总的来说，结果和我们预想的大致相同。”

部下们纷纷点头。

“果然是《辐射线路》获奖。”一个年轻女编辑说。

“说它无懈可击，还真是无懈可击。”神田苦笑，“没什么缺点，也没有大的破绽，不愧是公务员写出来的，四平八稳。”

“可感觉已经过时了。”年轻编辑说，看到大家吃惊的样子，急忙又圆了一句，“当然，说过时可能夸张了点。”

“不夸张，实际上确实像你说的，已经过时了。这种作品如今根本就不可能拿到新人奖。我现在觉得，社长的判断说不定是对的。”

几个编辑都点了点头，表示深有同感。

“轰木老师竟然会推荐《野猪的诅咒》，”女编辑说，“倒让人有点意外。”

“是啊。没想到那位老师对流行趋势相当上心，甚至注意到了最近的恐怖小说热潮，从她的外表可一点都看不出来。”说话的是一个资深编辑，“但更令我惊讶的是友引会推荐《皆杀》。他很有些古板，我本来以为他绝对会推荐《辐射线路》。”

“这一点我也有同感，”神田说，“所以听到时着实松了口气，觉得他还是有点希望的。”

“可果然如我们所料，谁也没有推荐《虚无僧侦探早非》。”年轻编辑苦笑道。

“是啊，还是很够戗。”神田两手环在颈后，用力伸了个懒腰，“要是听说这部作品在编辑部里被评为出类拔萃、无可争议的第一，三位老师只怕会大吃一惊。”

“这部作品的奥妙，我看他们根本就没有发现。”女编辑似乎在强忍着不笑出来，“友引还批评说矛盾太多，其实那正是它的玄机所在。”

“还有人指责文笔很差。”资深编辑说，“那种划时代的风格，我们全都赞不绝口，他们却完全看不上眼。”

“说‘有头无尾、不了了之’的是谁啊？”神田问。

“是寒川老师。”年轻编辑回答，“听到那句话时，我差点从椅子上掉下来，想说你到底有没有好好看过啊？”

“小说的架构明明那么绝妙，不但在最后一行将之前的世界完全颠覆，连主角为什么是虚无僧这个谜团都解开了。听到他居然那样批评，我真的很失望。”

“唉，我本来以为就算是这三个人，应该也能发现这部作品不同凡响。”神田浮现出苦涩的表情，“但这样一来，很多事情都看得很清楚了。原本我还怀疑，不惜专门策划这么一个新人奖评审会的骗局，到底有什么意义。”

“那三位老师要是知道自己被骗了，一定很生气吧？”年轻编辑显得有点幸灾乐祸。

“那还用说。虽说是社长的命令，可当时连我也踌躇再三啊。”神田苦着脸抓抓头，“所以这个骗局绝对不能败露。这回的新人奖就照结果颁发，然后这个奖项就寿终正寝。至于《虚无僧侦探早非》这部杰作，只要到手一看，谁都会觉得很好，就按照预定计划安排它获别的奖吧。”

神田想起一年前社长向自己下达的命令——裁减合作的作家。

书卖不出去的状况一年比一年严重，以前即使是没销路的作家，出版社也会为其出书，期待总有一天会广受欢迎，但现在已经没有这样的余地了。社长要求神田，今后没有畅销希望的作家一律不再合作。

但一个作家有没有前途，不是那么容易就看得出来的。以前业界也有过这样的例子，坐了好多年冷板凳的作家，忽然有一天就咸鱼翻身，一跃走红。

因此首先必须判断作家有没有前途，也就是有没有出人头地的潜力。而设计出来的办法，就是这次的新人奖评审会。

寒川心五郎、友引三郎、轰木花子，这三个人都是取舍在两可之间的作家。为此，必须从中遴选出一个最没有前途的作家，今后灸英社将不再与之合作。

新人奖的四部候选作品就是考察三人才能的道具。根据他们读了这四部作品后作出的评价，测试他们作为作家的能力。比如，如果推荐的是《虚无僧侦探早非》，就说明他的感受力还不算迟钝。而如果推荐的是《辐射线路的杀意》这种作品，就说明他的感觉已经有些偏差，跟不上潮流了。

“现在来投票选出最没有前途的作家吧。”神田看了看众人，“评价分三个等级，用A、B、C表示。从边上的人开始，按顺序挨个投票。”

资深编辑第一个开口，语气听起来很沉重。

“友引和轰木是B，寒川是……A。”

紧接着是女编辑，她声音很低地说：“我觉得轰木可以算是C。友引是B。寒川老师……对不住了，是A。”

“我也觉得寒川是A，毫无疑问的第一。其他两人是B。”

部下们依次作出评价后，轮到神田了。他摇了摇头。

“我会选谁还用说吗？一句话，我也觉得寒川是A。那么根据投票的结果，我们一致决定，获得感觉迟钝、没有前途作家大奖的是寒川心五郎老师。辛苦大家了。”

几位编辑有气无力地鼓了几下掌。

巨乳妄想综合征

1

一打开冰箱，里面赫然并列着两只巨乳。

乳房丰满圆润，乳晕呈淡粉色，约五百元硬币大小，乳晕之上，是小巧可爱、同样呈淡粉色的乳头。

我就这么敞着冰箱门发了阵呆，尔后战战兢兢地伸出手去，想猛地握住一只巨乳。

然而那手感出乎预料，感觉坚硬且冰冷。我不由得眨了眨眼睛再看。

原来我握住的是肉包子。这下我想起来了，昨天我在便利店买了三个肉包子，只吃了一个，剩下两个用保鲜膜包起放到冰箱里。

也就是说，我把肉包子看成女性的乳房了？

是累糊涂了吧。我苦笑着把包子放进微波炉，按下电源开关。本来我就是肚子饿了才打开冰箱找东西吃的。

我一边大口吃着热乎乎的肉包子，一边在客厅的沙发上坐下。无意中看了一眼旁边的垃圾桶，顿时险些噎住。

我隐约看到那里有巨乳。

我提心吊胆地走近，凝眸看去，怎么看都是雪白的乳房。我像刚才那样伸手摸了摸，霎时看似柔软的乳房变成了泡沫塑料容器的形状。没什么特别的，是我昨晚吃过的杯面包装。

是不是昨晚喝的酒还没醒啊？但昨晚我只喝了两罐啤酒而已，我从来没有喝这点酒就醉过。

不是什么了不得的事，我自言自语。谁都有看错的时候，况且最近工作太多，眼睛也疲劳了。

重振精神后，我决定去工作。最近我的工作几乎都是在电脑上进行。

坐到桌前，启动电脑。偶然一瞄手边，我瞪大了眼睛。

鼠标垫上放着只乳房。

不可能有这种事。那不可能是乳房，它是鼠标。证据就是，有电线延伸出去，与键盘相连。

我把乳房——不，是鼠标——握到手里，果然如我所料，恢复了鼠标的原形。我松了口气，点击了一下乳头——不，是按键。心还在怦怦直跳。

电脑画面上显示出昨天画的插画，构图是仗剑迎敌的美少女战士，这是一家游戏公司委托的工作。

端详着插画，我开始感觉美少女的胸部小巧了些，似乎画得更大比较好。

我试着稍微修正了一下，但感觉还是不太够，还应该再大一点，乳房就是要大才美。我不断地加笔描画。

玄关的门铃响了，让我回过神来。

我拿起内线对讲机："你好。"

"打扰了，我是管理员山田。"响起一个男声，"您现在方便吗？"

我暗暗咂嘴，好像有麻烦事啊。但这里的管理员就是这样，只要事没办成，就会一次又一次来找，既然如此，不如早早处理掉。

我回答说方便。

打开门，穿着工作服的管理员站在外面。他应该是个秃头，但我一看他的头，顿时哇地大喊一声——他的头变成了巨乳。

"怎么了？"管理员惊讶地望着我。他那张脸自额头以上都是巨乳，乳头挺立在头顶。

"不，那个，没什么……"

我暂且把视线移开，想不看却办不到。管理员全然不知我心怀鬼胎，起劲地喋喋不休着，每次他一转脸，头上的巨乳就噗噜噗噜摇曳生姿，看得我有点勃起了。

"总之，"巨乳头的管理员说，"就是这样，如果同意这种垃圾分类，请盖个章，签字也可以。"

"噢，好的好的。在哪里签字？"

"这里。"说着，管理员凑近文件，指出签字的位置。他的头探到了我眼皮底下，巨乳近在眼前，质感十足，看上去雪白又柔软。

"哇，你干什么？"管理员捂着头急忙往后躲。

"啊？"

“啊什么啊！你怎么啦，忽然来这一手，不要抓别人脑袋！”

他这一说我也发现了。确实，我正如饿虎扑食般双手齐出想猛然抓住巨乳，但巨乳已无影无踪，管理员的脑袋恢复成了原来的秃顶。

“对不起，我太累了。”我在管理员失手掉下的文件上签了字，递给他。他用胆怯的目光看着我，随即快步离开。

我关上门，回到工作台边。头轻微作痛，看来最好上床睡一觉。

电脑的画面上描绘着两个巨大的球体。奇怪，我不可能画这种东西的。拖动鼠标往下看时，我想起来了，那是美少女的巨乳。我一心想着再大一点再大一点，不断画下去，最后比少女的身体还要大了。

我呆坐在椅子上，关了电脑的电源。

2

“这是巨乳妄想综合征。”朋友田村冷冷地说。他是个精神科医生。

“那是什么鬼，我没听说过。”

“最近我们业界很关注的疾病之一，症状表现为把什么都看成女性的乳房，而且还是巨乳。”

“哎呀，说得一点都没错。我来这里的路上，连水果店里摆放的桃子都全部看成巨乳，害我吓了一跳，怀疑是眼睛出了问题。”

“不是眼睛，是脑子出了问题，这是脑子的疾病。”

“为什么会变成这样？”

“原因之一是强迫意识。”

田村拿起一幅画，那是我画的美少女战士的插画，为了说明自己的症状，我把它打印了一份带过来。

“像你这种情况，就是因为有种过于强烈的意识，认为少女的胸部一定要大才行，甚至觉得非如此不足以体现魅力。”

“与其说体现不出魅力，倒不如说不这样画，客户那里就通不过。”

“都一回事。你坚信不管什么类型的角色，只要是画少女，就非巨乳不可，不然自己的画就得不到认可，也就是说，自己会遭到否定。”

“是吗……”

“这张插画就是证明。”

“好吧，我的确觉得画平胸少女只会被人随手丢弃。”

“那是你的成见。实际上就算客户要求你画得魅力十足，按理也并没有画巨乳的必要。”

“可是客户……”

“客户也患上了巨乳妄想综合征。”田村不容分说地断言，“客户试图回应粉丝的需求，却拘泥于‘有魅力等于巨乳’的思维定势，抱着巨乳不放，唯恐胸部小了，商品人气就会下滑。”

“但胸部丰满的角色好像确实比胸部小巧的更受欢迎。”

田村叹了口气，缓缓摇头。

“这意味着粉丝和消费者也表现出了巨乳妄想综合征的征兆。正常来说，应该不拘胸部大小，只追求有魅力的角色才对，但源源不断提供给他们的都是巨乳偶像，看得心旷神怡之余，就产生了一种错觉，认为少女只要胸部丰满，就有与丰满程度同等的魅力。为了回应这种需求，你们创作者也给长着可爱脸蛋的少女安上大得不自然的乳房，粉丝和消费者一见大喜，于是越发变本加厉。这种现象不叫通货紧缩的恶性循环，倒是可以称为巨乳的恶性循环。”

“但也并不是越大就越受欢迎。如果大得超出常识范围，还是会被人批评。我觉得应该存在理想的丰满度和协调性。”

“那种理想的丰满度和协调性，你不觉得一年比一年不正常吗？到末了就是，连怎样算是理想的丰满度也顾不上考虑，完全被乳房越大越好的思想支配——就像你这样。”说着，田村把我画的美少女插画朝我一亮。

我把视线从插画上移开。“我是不是最好暂时节制一下工作？”

“光这样还不够。现在你满脑子都是巨乳，可以说处于被巨乳支配的状态。你必须把巨乳彻底从日常生活中排除，不能看巨乳，也不能听会联想到巨乳的事情，说荤段子可以，但巨乳相关话题免谈。”

“这也太残忍了吧。”

“百分百实行可能有点难度，你尽量努力，不然症状会日渐加重。现在还只是把秃头看成巨乳的程度，过不了多久就会把人的脸孔全部看成巨乳了。”

“别吓我呀。”

“我说的是事实。总之我先开药给你，吃了药，你应该就不会把秃头或肉包子看成巨乳了。但这只是对症疗法，要想治本，你必须乖乖遵守我刚才的告诫。明白了吗？”

听完田村严厉的叮嘱，我转过身，离开了医院。

可能是服了药的缘故，即便走在街上，也没有出现古怪的幻觉。水果店的桃子也保持着桃子的原形。我松了口气，往前一看，刚好一个年轻女郎走过来。她穿着低胸的衣服。

而且还是巨乳。

我顿觉一阵眩晕，从下半身起感到精疲力竭。清醒过来时，我已倒在路边。

“不要紧吧？你怎么了？”

响起一个女性声音，我晃晃脑袋，揉揉眼角，看到了对方。正是刚才迎面而来的女郎。

“你没事吧？要不要叫救护车？”她边说边弯下腰来。

她胸前那道沟壑砰的一声闯进眼帘，我全身血液激荡，在体内横冲直撞，心脏狂跳，脑中铜锣锵锵直响。

想要揉捏想要揉捏想要揉捏想要揉捏，想要吸吮想要吸吮想要吸吮想要吸吮，想要揉捏想要吸吮想要揉捏想要吸吮——我的脑子完全被露骨的欲望占领了，完全不明白到底是从哪里冒出来的。

“请问……”女郎一无所知，又朝我凑近了一些，胸前的沟壑愈发深了。

“嘿咿！”我抱住头，当场蹲下，“快快、快点走吧，求求求、求你了，求你了。”

用力猛抓巨乳的欲望如波涛般汹涌澎湃，我拼尽全力忍耐着，也不知就这样原地蹲了多久。隔了好半天，我抬头一看，女郎已不见踪影，路人看我的眼神都像看变态一样。

我慌忙逃离，给田村打电话。

“果然变成这样了。”听我说了经过，他语气冷静地说，“由于药物的效果，你不再看到幻觉，但渴求巨乳的心情并没有得到纾解，而是化为潜意识不断聚积。在这种状态下，一旦看到真正的巨乳，欲望就如同水坝决堤，一口气爆发出来。所以我说了，不要接近巨乳。看也别看，听也别听，想也别想。这是现在唯一能帮你的办法。”

“我要扛到什么时候为止？”

“治好为止，还用说。”田村无情地下了结论。

3

之后我每天都过着苦恼的日子。我不得不时刻当心不去看女性的胸部，这自不消说，走进书店或便利店时，也不能靠近杂志角，因为近来的男性杂志封面几乎无一例外都是巨乳偶像艺人的天下，特别是一般认为面向中年上班族的男性周刊，封面女郎更常摆出乳沟毕露的姿势，稍一放松警惕就忍不住想瞟过去。

在家的时候，除非有特别想看的节目，否则我也不看电视，因为近来的电视节目都被巨乳艺人占领了。在我印象中，这类艺人以往都只在深夜综艺节目中登场，如今不仅充斥黄金时段，在白天的节目中也非常活跃。即使是NHK电视台，播放电视剧的时候也大意不得，有些偶像明星只因拥有巨乳资本，就成功借由拍摄性感写真崭露头角，尔后更顺利转型成演员，这种情况越来越多。

不止如此，连新闻节目也已经没法安心收看，因为巨乳的播音员也并非绝无仅有，尽管她们的着装大都不显山不露水，但像我这种眼力极佳的人仍能一目了然。

究竟从什么时候开始，日本变得如此热爱巨乳了呢？现在我能够赞同田村的观点了，我感到正在形成一种不成文的规则，即根本无视协调性，不管怎样，胸部越大越有魅力。是谁造成这种局面的？还是说，是日本男人心甘情愿变成这样的？

自然，男人喜欢丰满的胸部不是从现在才开始的，昭和初期，据说就有男人以妻子平胸为由提出离婚诉讼。当时男女婚前基本上没有交往，那男人大概也没有见识妻子裸体的机会。听说在那场诉讼中，法官们观察了女方的胸部，继而以“不认为维持婚姻生活有明显困难”为由，驳回了诉讼请求。这也是理所当然的吧。

昭和时代把丰满的胸部称为“膨乳”，一个名叫月亭可朝的单口相声演员令《膨乳的悲叹》这首歌风靡一时，连小学生都会唱。我不清楚这个词是何时开始使用的，查了下《广辞苑》，里面有明确记载，不过是用平假名标示为“ぼいん”。

确实，往昔胸部丰满的女人也会成为男人憧憬的对象，但应该并非完全无视协调性。外国男性杂志上也登载过日本人难以想象的巨乳女人的裸体写真，但至少人们会下意识地想到“那是外国女人”，并没想要在日本女人中寻求同样规格的巨乳。再者，那些外国模特儿不光胸部丰满，身材也高挑，因此协调性很好。

然而，从某一时期开始，巨乳艺人忽然席卷全社会，这是怎么回事呢？

多半和色情录像脱不了干系。原本巨乳这个词就是出自 AV，除了巨乳，还产生了美乳、爆乳等词。

那么，是通过录像，众多拥有傲人巨乳的少女让男人们产生激情的同时，妄想也随之水涨船高，结果导致现状，还是 AV 业界早就看透巨乳将夺取天下，因而早早准备好应对需求的商品？

有一件事是确定无疑的——其间也存在巨乳的恶性循环。

为了表现胸部的大小，就要提出详细的文胸尺寸，这在往昔也是同样。但我想，那时的观感应该是，A 杯即平胸，B 杯即普通，C 杯即巨乳，D 杯应该就等于了不得的巨乳了。

而现在呢？有资格叫巨乳的只怕最起码也得 E 杯，感觉已经变成了 D 杯意味着稍大，C 杯普通，B 杯平胸，A 杯不值一提。

我知道日本女性的体格较之过去已经有了改变，但才二十年时间，会有如此惊人的进化吗？为此，我特地打电话去咨询一个女设计师朋友，她过去应该在内衣制造界工作过。

“噢，这个啊，有两个原因。一个是日本女性的体形确实有变化，因为饮食结构改变了。”朋友坦言，“另一个就是，对文胸的认识改变了。以往当然也有胸部丰满的女性，但她们买不到适合自己的文胸，只能凑合戴戴 C 杯什么的，对胸部丰满感到难为情的人也很多。现在则因为文胸的形状如果不合身，外观就不好看，许多年轻姑娘甚至特意订购外国产的文胸。你怎么会问起这事？”

我随便敷衍了声“没什么”，挂了电话。

是这么回事吗？对丰满胸部深感兴趣的不光是男性，连女性也关心起来了。大家都喜欢乳房。

由此我忽然想到，为什么每个人，特别是男人都喜欢巨乳呢？为什么光是看一眼就想揉捏吸吮呢？

“因为男人有恋母情结，像婴儿一样渴望妈妈的乳房。”有女子这样解释。果真如此吗？

4

“的确存在恋母情结说，不过并不是权威学说。”田村说。

我来找他拿药，顺便请教那个巨乳爱好的根源问题。

“那权威的学说是什么？”

“哪种学说权威很难断言，但我倾向于 neoteny 说。”

“那是什么？”

“又叫幼形成熟，指动物在发育为成体前进行生殖行为的现象，打个比方，就像蝌蚪进行生殖活动。”

“有这种事？”

“美西螈就是个著名的例子，它在幼体时进行生殖。”

“哦，那和巨乳有什么关系？”

“有学说认为，我们人类的进化与幼形成熟有关。根据这种学说，人类即使长大成人，在医学上仍然残存着诸多类人猿幼期的特征，听说脸上光溜溜没毛也是特征之一。也就是说，类人猿的幼仔在完全成年前便发生性行为，产下幼仔，如此循环往复，直到进化为今天的人类。现在你该知道我想说什么了吧？”

“你的意思是，我们人类的内心里，永久残留着婴儿时期的要素？”

“一点不错。既然是婴儿，自然会渴望母乳，而能提供母乳的乳房，自然是很丰满了。”

“是这么回事吗？”我交抱着双臂低吟。我们渴求巨乳的心理背景中，竟有如此壮阔的来龙去脉，这是我做梦也没想到的。

“只是权威学说之一而已。话说回来，你对巨乳的根源这么苦思恶想，亏你竟然还好端端的。心脏没狂跳吗？”

“嗯，什么事也没有。”

这一说我也想起来了，他之前的确告诫过我，巨乳的事想都不要想。

“可能是你的症状好转了。很好，那就暂时停药，再观察观察情况。”

“这样没问题吗？我会不会又把管理员的秃顶看成巨乳？”

“万一陷入那种状况，你赶紧来这里就行了。但我想应该没事。”

“要是从此太平就好啦。对了，那能不能看？既然想想巨乳没问题，看也不要紧吧？”

“这个现在还很难说，毕竟看到巨乳时刺激太强烈了。为慎重起见，你再忍耐一下吧。”

那可真受罪啊。这样想着，我还是点了点头。

出了医院，我低头前行。最近在外面步行时，我一直保持这个姿势，生怕一旦抬起头，就算我无心去看，巨乳女人也会闯进我眼帘。

但一味低着头很危险，这也是事实。果然，在一个人流如织的地方，我撞上了一个人，响起东西落地的声音。

“啊，对不起。”我保持着低头的姿势道歉。

“不好意思。”对方好像是个女子。

手提包滚到了我脚边，我打算把包捡起来，避开视线递给她，不料她也蹲下身来捡包，胸部的位置比我预想的更低。她穿着套装，里面是塑身内衣，胸部霎时尽收眼底，而且是相当厉害的巨乳。

我的心怦怦直跳，已经意识到将当场发作。

“谢谢。”她嫣然道谢，转身离去。

目送着她的背影，我按住胸口，心想马上就该发作了，但心跳逐渐恢复了平静，脑子也没有感到眩晕。

我做了个深呼吸，打量着四周。又有一个巨乳女子迎面走来，看到她，我也没有发作。

成功了！我克服疾病了！

我顿时心情大好，昂首挺胸地迈步向前，顺带哼起歌来。这下我终于能恢复正常生活了。

前方有三个女子并肩走来，清一色华丽的巨乳。看到她们，我也没有发作。书店里的女店员，从咖啡馆出来的女客，等信号灯的女白领，无一不是巨乳，看到她们，我的身体也没发生异变。

看到巨乳女警官在取缔违法停车时，我开始觉得有点不对劲了。再怎么说，巨乳也太多了。从田村那里出来，我就没见过一个非巨乳女子。

有家糕点店以大排长龙著称，今天那里也有很多年轻女子在排队，我边走边眺望那列队伍。

所有人都是巨乳。

5

根据田村的分析，这是幻觉作用以另一种方式表现的结果。我依然残存着想看到巨乳的愿望，只是通过药物的抑制，稳定在了常识的范围。我不再把秃头看成巨乳，却产生了女性的胸部全是巨乳的幻想。

“怎么办？再吃一阵药看看如何？”

田村问我，我谢绝了。就算是幻觉，周遭触目都是巨乳的情景也不啻置身天国，我可不想轻轻放过这种幸福。

与以前截然相反，现在我出门简直飘飘欲仙。走进咖啡馆，女服务生是巨乳，坐在斜对面的女客乳房也本钱惊人，旁边唧唧喳喳的女高中生们的胸部也丰满得快把制服扣子撑掉了。

不用说,在家看电视时也乐趣倍增。就连以平胸著称的女艺人，也变身拥有写真女王式的爆乳。

“你怎么啦，最近心情这么灿烂。”编辑朋友说。

“嘿嘿，这可就说来话长了。”

“干嘛神神秘秘的，真不爽利。”

我们来到六本木一家夜店，一群少女把我们团团围住，个个都拥有傲人的双峰。这并不是什么专门搜集巨乳少女的店，唯有对我而言，才是这般美景。

人一心情愉快，什么事都似乎顺风顺水。最近工作也一直很顺手，还交了个女朋友。不消说，她看上去也是巨乳。还没有和她发生关系，但已经约好下次休假来我家玩，到那时大概就能看到她的裸体了。

酒意上涌后，说话也不假思索了，我盯着坐在身旁的少女胸部说：“哎呀，你的乳房真是丰满，乳沟也很诱人。”

那少女略微露出不快的表情，编辑吃吃发笑。

“你这话说的，也太损了点吧？”

“不是啊，我都忍不住想摸摸看了。”说着，我伸出指尖戳了下少女的胸部。

刹那间，丰满的胸部就像抽掉了空气般萎缩了。

“咦，怎么会……”

“好过分！”说着，少女两手遮住胸部。那平板的胸部别说巨乳，说是B杯都很可疑。

第二天，女友来我家了。她替我下厨做饭，系着围裙的主妇模样十分适合她，胸部自然也饱满挺拔。

一边品尝她亲手做的菜肴，一边喝着啤酒，我们俩都有些微醺了。饭后坐到沙发上，气氛也很好，她朝我偎依过来，胸前的沟壑近在眼前。

她既然做出这样的举动，也就有了相应的心理准备，对此我心领神会。

终于可以抚摸巨乳了。

然而，只要实际一碰触，幻觉就会消失。倘若她其实并非如假包换的巨乳，我的美梦也就到头了。

即便如此，我还是会喜欢她吗？

只要不接触，她就一直是巨乳，今后也能享受养眼的乐趣，但这种事不可能永远维持下去。

我下定决心，将手伸向她的胸部。眼看指尖即将触到雪白的肌肤，她抓住了我的手。

“我说，和我结婚吧？”她抬眼望着我说道。

“什么？结婚？”

“我不希望抱着无所谓的心态来交往，毕竟已经不年轻了。”

“这个嘛……”

我想起以往有人以妻子平胸为由诉请离婚的事。

“喂，你觉得呢？”

她催促道。

我低吟起来。要是回答“先让我摸摸胸部”，只怕她会恼火吧？——果然。

无能药

1

立田说有事和我商量，回公司的路上，我便顺道去了他的研究室。立田在大学药学系当助教，我们是高中同学，不知为何彼此很觉投缘，直到年过四十的今天，仍然时有往来。

来到研究室，立田像往常那样穿着白大褂在等我。

“特意把你找来，不好意思。”立田看着我说。

“没什么，倒是你想跟我商量什么？要是钱的事，你还是另找高明吧。”

“不是钱的问题，不过，某种意义上也可以算是。但你放心，我不是想跟你借钱，我是想借你的聪明脑袋，帮我出个主意。”

“出主意？”

“你瞧瞧这个。”

说完，立田把一个小瓶子搁到我面前。瓶里装着看似粉色药片的东西。

“这什么玩意儿？看起来像是药。”我拿起瓶子端详。

“就是药。不，能不能称得上药现在还拿不准，反正是我最近研制出来的东西。我保证它具有划时代的意义，全世界再没别人能制造出来。”

我凝视着平静述说的立田。

“说是制造出了全世界独一无二的东西，可你好像并不是太开心啊。这玩意儿到底有什么作用？”

他皱起眉头，盯着我手里的瓶子。

“嗯……该说它有什么作用呢？”

“喂喂，连这个都没搞清楚，不是吹什么全世界独一份、划时代意义的时候吧？你要我开心呀？”我放下瓶子，心想莫非他根本就没什么正经事要商量。

“我不是开玩笑。就因为搞不清楚它能派什么用场，我才找你来的。就算故弄玄虚，也是没法子。那我就说结论吧：它是一种作用于男性下半身的物质。”

“下半身？你是说那话儿？”我倾身向前，顿时来了兴趣。

“正是。”立田面无表情地答道。

“原来如此。”我恍然一拍膝盖，但旋又疑惑起来，“不过，与那话儿有关的药，已经研制出疗效相当卓越的品种，时常听说有人托那些药物的福，治好了性无能，挽救了夫妻关系。听你的意思，你研制的并不是那种药？”

“不是。”立田摇头，“勉强要说的话，效果正好相反。”

“相反？”

“对。吃了这玩意儿……”立田伸手拿起瓶子，“就硬不起来了。”

“什么？”

“实验结果显示，只要吃下一片，二十四小时内任何情况下都无法勃起，再精壮的男人也休想有丁点儿动静。它就是这么一种物质。”

“等一下，”我伸出双手示意他暂停，“问个问题可以吗？”

“什么问题？”

“如果我没听错，你刚才说的是这个意思：这玩意儿不是治疗阳痿的药物，而是诱发阳痿的药物。”

立田点头。

“你没听错。看来我表达得很清楚了，这是阳痿的诱发剂，我们研究人员叫它无能药。你要不要吃一片看看？”

“免了。”我摇摇手，“你是为了什么鼓捣出这玩意儿？”

“这不是我刻意制造出来的，纯粹是无心插柳的产物。原本我是想制造强力生发剂来着。”

我点点头，打量着他的脑袋。才刚过四十，脑袋上已经相当荒凉了。

“哦，吃了这个就会阳痿，但会长出又浓又密的头发？”

不料立田却摇了摇头。

“长不出来。对生发没有任何效果，就只会导致阳痿。”

“这样啊……”我抱起胳膊，盯着他，“能不能再问一个问题？”

“你说。”

“这到底能派上什么用场？”

“问题就在这里。”

立田探出上身，目光炯炯地望着我。“我正是希望你帮我想想，这种东西到底能派什么用场。”

2

我在广告代理公司从事广告企划，可以说五花八门的商品都要推销，为了把商品推销出去什么手段都用。不管什么样的手段，只要不被指责为夸张不实就没问题——不，少许指责的话我压根儿不当回事。

但即便英明神武如我，对立田的这个要求也不禁挠头。

“专利已经申请好了，临床试验的结果也很理想，目前还没有发现副作用。伤脑筋的是，找不到愿意合作的制药公司。他们都嗤笑说，这种药就算上了市，哪个冤大头会来买啊。”

听了他的话，我在心里大点其头，想来确实如此。

我对立田说先回去琢磨琢磨，便和他分手了。

回到家，我试着和妻子聊了聊无能药的事，本以为她会不容分说地指责这种药简直毫无用处，她的反应却有些令我意外。

“咦，有这种药呀，那不是很有趣？”

“有趣？”

“是啊。像那种强奸犯，不把他们收监，而是强制一辈子持续服用这种药就好了，一定比死还惨。”

“哦。”我钦佩地想，女人的想法果然与男人迥异。

“我觉得还有其他很多用处。”

“比如？”

“嗯……一时倒想不起，你可以征求意见看看。”

“对啊，还有这一手。”

第二天，我用公司的电脑上网在论坛中留言说，有谁想要会引起阳痿的药，请给我发邮件。我本以为不会有回信，谁知马上收到一封邮件，吓了一跳。

我是个二十来岁的男子，长得很丑，还不善和人打交道，如果有这种药，务请介绍给我。我想我将来不可能交上女朋友，恐怕也没机会发生性行为，偏偏那话儿却精神十足，每次自慰时，我都深感空虚。反正都这样了，倒不如干脆阳痿算了，今后专心思索人生的真谛，静静了此一生。

邮件的内容如此灰暗，我再次吓了一跳。这想法何等消极啊！这种人绝对不能给他无能药。自慰时感到空虚什么的，是个男人都会有这种感受。况且，哪有不勃起了就会领悟人生真谛这种事！

又收到一封邮件，内容如下。

如果有这种药的话给我一份。马上就到圣诞节了，很多人在期待和女朋友共度一个销魂之夜吧，我要神不知鬼不觉地给这种家伙吃上一片，哦呵呵呵。

我关了电脑。马上就有邮件发过来，说明都是二十四小时泡电脑的网虫，给出正常答案的希望不大。

“你在忙什么？”旁边的玉冈向我搭话。他时常和我搭档工作，是个值得信赖的人。

我跟他说了无能药的事，他登时眼神剧变。

“那个药能不能给我一点？”

“咦，你要用？”

“不，是要给我儿子用。”

他说，他那上初三的儿子一味沉迷于自慰，对复习应考却打不起精神。“我太太从儿子的房间里找到了大量色情书，警告他又有些于心不忍，正在烦恼该如何是好呢。我想其他时间姑且不谈，学习的时候还是不勃起为好。”

我觉得玉冈的话不无道理。我们当年做考生的时候，也曾为了逃避学习而起劲自慰。

我把从立田那里拿来的无能药给了玉冈三片，叮嘱他反馈效果。两天后，玉冈一脸郁闷地过来找我。

“那个不行啊，效果适得其反。”

“不管用？”

“不是，我谎称维生素片给儿子吃下去，药看来很有效，结果却事与愿违。”

“怎么了？”

“他好像确实不自慰了，可老是磨磨蹭蹭地，一点学习的心思都没有。看样子他是为了调剂心情才自慰的。”

“嗯，倒也可以理解。”

“是啊。我也想起来有理论说，年轻的时候不妨适度自慰。我不会再给他吃那种药了。”

“也好。看来，那种药果然派不上用场啊。”

“那倒未必，也有人对它感兴趣。”

玉冈说，此人是我们一家客户公司社长的夫人，昨天玉冈在晚会会场碰到她时，随口提起无能药的事情。

“本来当笑话讲，但她似乎关切得很，说是不论多少钱都买。”

“当真？”

“反正已经和她约好今天这个时候见面，你也一道去吧？”

不用说，我们当即一起前往约定碰面的地点。

3

那位社长夫人我也很熟悉。就在前不久，她还在银座当女招待，与年近七十的社长相差四十岁以上。得知两人结婚的消息时，谁都认为她是冲着财产去的。

“明人不说暗话，我结婚图的就是财产。”和我们一见面，年轻夫人便满不在乎地说道。那浓艳的化妆和暴露的服装也都是老样子。

“哦。”

“是这样啊。”

我们只得随声附和。

“听说他那方面已经不中用了，我觉得倒还合算。谁想到老头子最近居然跑起医院来了。现在不是有很多治疗阳痿的药物吗，好像只要开处方就能搞到。要是老头子吃了那种药就糟了，我就得陪他上床。”

“可是，你们是夫妇啊。”玉冈委婉地说。

夫人不悦地吊起眼角。

“我刚才说的话你没听见？都说了我是冲着财产结婚的吧？根本就没有陪老头子风流的心情。要是他那把岁数还精神得起来，我就倒霉了，所以才要跟你买那种药。废话少说，快把药拿来，钱我这就给你。”说着，她从香奈儿皮包里取出厚厚一叠钞票。

我把带来的药全部交给她后便告辞了。回去的路上，我和玉冈面面相觑，苦笑不已。

“真想不到，无能药竟然还有这种用途。女人真可怕！”玉冈的声音里混杂着钦佩和畏惧。

“原本以为对女人来说，丈夫不中用了是个重大问题，如今才知道居然也有例外。我又长见识了。”

“这是极端例外，恐怕只有为钱结婚的女人才会有这种需要。”

“是啊。不管怎么说，良家妇女不可能想要无能药。”

但这种想法一回家就烟消云散了。妻子一看到我便说：“老公，把无能药给我。”

“怎么啦？忽然想要这个。”

“有重大事件发生，无论如何必须用到这个药。这是为了助她一臂之力。”

客厅里坐着一名女子，妻子介绍说是她的朋友早纪子。

“早纪子的先生啊，看来在外面有女人，经常借口有应酬，很晚才回家，实际上却是去和情人幽会。对方是个比她先生小二十岁的小姑娘，你有何感想？”

我刚见过为了财产不惜和比自己年长四十岁的老人家结婚的女人，听到这种事一点也不觉惊讶，但还是应了一句：“那确实很棘手。”

“我建议她不如离婚算了，但毕竟已经有了孩子，她不希望家庭离散，所以来找我商量，怎么想个办法，让先生和情人分手。”

“对不起，打扰府上了。”早纪子歉然鞠了一躬。

“哪里，没关系……不过，为什么需要那个药？”我问妻子。

“你反应真慢。当然是看准老公要去偷欢的时候，把药悄悄给他吃下，这么一来，你想后果会怎样？”

“会怎样……那就没法勃起了吧……哦，原来如此！”

我恍然大悟。

“好主意吧？那样老公想和年轻情人翻云覆雨也有心无力了。一次两次还可以推说今天太累，次次如此可就笑不出来了。要不了多久，对方一定会想，这阳痿老头搞什么嘛，和他一刀两断了。”

“……的确是条妙计。”

我同时心想，也是条毒计。

“懂了吧？那就把无能药拿来。”妻子伸出手。

“等等。我手边的已经全部卖完了，明天我再跟立田拿点，但恐怕不会是免费的……”

“请问那种药价格多少？”早纪子抬起头望着我，“多少钱可以卖给我？”

“这个，我要和制药者商量后才能决定……”

早纪子的眼神十分认真。看到她的眼神，我发觉这是个新的商机。

4

特大喜讯——您正在为老公的花心而烦恼吗？

敝所已开发出划时代的花心预防药，不论您面对的情势如何棘手复杂，只需与敝所接洽，即刻为您解决！

无能药研究所

我和立田在酒吧里举杯庆祝。

“找你商量真是找对了。不愧是广告企划的专家，我都想不到竟然这么有利可图。”

“我也没料到反响这么热烈。总之赶紧大量生产吧。”

“我知道，但实验室的产量终归有限，得找有强大生产能力的机构火速制造才行。”

“务必快快制造出来，资金的事你放一万个心。”我拍着胸口保证。

把无能药用在防止男性花心上，这一定位恰好迎合了市场需求，刚在互联网上打出广告，订单就蜂拥而至。立田那边好像也有制药公司主动前来商洽。

“听说我妻子那个朋友的阳痿作战也已大功告成，顺利把老公抢了回来。不过与其说是抢了回来，不如说是老公被情人抛弃了。”

据妻子说，早纪子的先生已经彻底安分了，现在每天早早就回家。

“可是一旦无能药名声在外，做丈夫的早晚会知道，那不就会提防着不吃这种药吗？这样太太们就得千方百计偷偷给丈夫下药，也很麻烦啊。”立田说。

“话不是那么说，事实正好相反。”

以早纪子为例，先生有饭局要晚回家时，出门前会让他服下无能药，但听说并不是设法瞒骗，而是坦坦荡荡地边说“这是无能药”边递给他。

“做丈夫的不可能拒绝，因为以常理而言，的确没有在外面勃起的必要。只有一种情况下可以拒绝，”我竖起食指，“那就是丈夫说‘今晚想和你亲热’的时候。”

“原来如此。”立田用力点头，“换句话说，只要拒绝，当晚就必须和妻子温存一番。”

“就是这么回事。无能药可以说是操控丈夫勃起的魔药。”

“所以订单纷至沓来也是理所当然的了。”

我们再度干杯。

5

然而喜悦转瞬即逝。订单忽然锐减，但我认为并非无能药本身有什么问题。

"搞不懂啊。无能药的效果只能维持二十四小时，要防止丈夫花心，照理说只能持续购买才对……"

立田也一头雾水。

"有类似产品推出吗？"

"这一点我也想到了，但没有资讯表明市场上有类似产品。合作的制药公司也感到不可思议，推迟了生产计划。"

"真是古怪。总之再分析看看。"

我去公司找玉冈商议，听我谈到无能药滞销，他露出意外的表情。

"是吗？可我周遭倒着实听到不少为了防止男友或丈夫花心，使用无能药的事呢。这个且不说，"他压低声音，"连我太太也买了。"

我吃惊地盯着他："真的？"

"我算是服了她了。"玉冈苦着脸，"因为我去单间浴室[①]的事败露了，现在只要去接待客户，她早上一定让我吃无能药。你那朋友鼓捣出的这种药还真是害人不浅，就因为它，客户惬意享受洗浴的时候，我只能悲惨地靠喝茶看漫画打发时间。"

确实可怜，但现在不是同情他的时候。连我身边都有无能药的用户，可见需求量应该没有下滑，但为什么订单会减少呢？

我满心烦恼地离开了公司。这种日子需要调剂下心情，我拿出手机，拨了一个号码，对方立即接起电话。

"喂，你好。"传来桃子可爱的声音。

"是我。一起吃个饭吧？"

---

①日本提供性服务的洗浴场所。

“好啊。”

定下见面地点后，我挂了电话。桃子是六本木的酒廊小姐，本来是个没名气的模特儿，单靠那份工作无法维持生计，便在酒店兼职。我在一次广告企划案中用她当过模特儿,之后关系就日渐亲密。

碰面后，我们一起前往餐馆。吃着意大利菜，我和她谈起无能药的事情，她也知道那种药。

“因为那种药，我有好几个小姊妹都被解除了情人契约。大叔们老实起来固然好，但为此伤脑筋的姑娘也很多呢。”

“你是说站在情人的立场，男人变本分了是个很致命的问题？”

“是啊，无力风流的大叔是不需要情人的。”

“唔。”看来无能药给男女之间的关系带来的种种影响，甚至已经延伸到我们始料未及的领域。想到这里，订单的减少就更显得不可思议了。

“你没事吧？太太没要你吃无能药？”

“我没问题，瞒得滴水不漏。”我微微一笑，喝了口葡萄酒。

吃完饭，我们像往常那样去桃子的公寓。她住的是单身套房，但相当宽敞。

我正等着她洗完澡出来，手机响了，是妻子打来的。我慌忙走到阳台上接听。

“喂，是我。”

“啊，老公，今天早上有件事忘了跟你说。”

“什么？”

“你今天早上喝了咖啡吧？”

“喝了，怎么了？”

“那杯咖啡啊，”妻子顿了一下，“里面掺了无能药。”

“什么？”我的手机差点掉下来，“掺了无能药……怎么会做这种事……”

“因为我不放心你呀，你又没保证过绝不花心。”

“说说说、说什么傻话，我怎么可能去拈花惹草？哈哈哈，哈哈哈哈哈。”

“我也并不是怀疑你，只不过慎重起见总没有错。你今天一天应该都勃起不了了，不过尽管放心，并不是得了阳痿。”

“是、是、是吗？说起来，今天还真是一点儿性趣都没有，忙得团团转，想都没有想过。”

“好了，我就是跟你说这件事。”妻子径自挂了电话。

我拿着手机呆立在阳台，不由得向下腹部望去。

走进房间时，桃子刚从浴室里出来，丰满的身体上只裹着浴巾。要在往常，光是看到她这副撩人模样，我就会情欲勃发。

“怎么了？发什么呆呢？”桃子偎依过来。

可我的下半身毫无变化，连一点微小的动静都没有。

“不好意思，我先回去了。”我说。

“啊，怎么了？”

“忽然想起有事要办，下次再见吧。”说完，我慌忙离开了房间。

我在公寓前叫了出租车。坐在车上，我禁不住叹了口气。

此前我一直在向别人介绍无能药，自己却从没服过。事到临头，才知道效果着实惊人。这下再也没法在外偷欢了。

可妻子是什么时候搞到无能药的？要购买必须通过网上下单，她应该不会用电脑才对。莫非是早纪子给她的？

我正百思不解时，手机又响了。这回是立田打来的。

“我知道无能药订单减少的原因了。”他说。

“什么原因？”

“答案在一个名叫‘节约生活’的网站里。那儿登有这样的内容：‘如今热议的无能药，其实并不需要买那么多。只消一开始给先生吃真正的无能药，过些日子把面粉揉成团，用食用红色素上色，谎称是无能药给先生服下，也能收到同样的效果。各位不妨试试看。’怎样，明白了吧？”

“什么？这么说，是主妇们炮制了假无能药？”

“看来是这样。也就是说，让丈夫误以为自己服了无能药，从而阻碍男性的勃起功能。利用的是所谓的安慰剂效应。”

我不禁喃喃道：“就算是为了节约，竟想得出那种招数……”

“除了造假药，主妇们还发明了种种花样翻新的办法，其中最厉害的一种，甚至不需要花费半点时间金钱。那个办法就是，在丈夫进食后，告诉他刚才的食物里下了无能药。如此而已。”

“咦？”

“像那样故弄玄虚，也不知道能有多大效果，但无论如何，无能药确实形势危急。因为名字和效果广为人知，反而使药物本身没了用处，这实在太讽刺了。我现在就去和制药公司的人研讨对策。”

“这样啊……那就拜托你了。”

挂断电话后，我再次望向股间。

可恶！妻子刚才的电话一定就像立田所言，是打着无能药的名头来吓唬我。她察觉了我的花心，看准绝妙的时机打来电话。

我想吩咐司机掉头返回，既然没吃无能药，就可以和桃子好好享受一个夜晚了。

但正要出声，我又咽了回去。

是真的吗？妻子真的只是在虚张声势，实际上我并没吃无能药吗？

万一确实吃了就糟了，势必在桃子面前丢人现眼。倘若床上表现太差劲，说不定会被她嫌弃。

我避开司机的视线，悄悄抚摸股间。要是能勃起就没问题了。

然而我那话儿依然蔫头耷脑，一点儿勃起的苗头都感觉不到。越是心焦地想设法勃起，股间越是使不上劲。我想起曾听说阳痿患者之所以患病，大都源于内心的强迫观念，总是焦虑万一勃起不了该如何是好，结果就真的一蹶不振了。

我移开手。事到如今，到底是药的效力还是安慰剂的效应我已经一片茫然，但有件事是明摆着的：今晚还是放弃和桃子缠绵的打算比较好。

我再次深深叹了口气。立田刚才说，也不知道故弄玄虚能有多大效果，但要我说，效果绝佳。

男人真是种脆弱的生物啊！

显微眼

1

早上醒来，正要起床，我忽然发现周围看起来影影绰绰的，就像弥漫着浓雾一般。我揉揉眼睛再看，依然如故。难道是眼睛出问题了？我不住眨着眼睛，旋即察觉到一个奇异的现象。

弥漫在空中的并不是雾气，而是别的什么。形容成颜色淡得似有若无的烟，或许比较好理解。

我连忙从床上跳起来。就在这时，一种白色的东西涌起来，瞬间就笼罩住我的身体。

“哇！失火了！”

我穿着睡衣爬出房间，一边爬一边使劲抽动鼻翼。到底哪里起火了？什么东西烧着了？

但我完全没有闻到焦糊的气味。莫非着火的不是这间卧室，而是其他地方，烟先飘了过来？就算这样也很危险，我住在十层公寓的七楼，若有不慎，逃都来不及。我想起看过的一部电影《火烧摩天楼》，就因为一开始火势很小，人们掉以轻心，结果被困在超高层大楼里，死伤惨重。

烟雾淡了一些，我站起身，走到厨房里看了看，果然一点火星都没有。我一个人生活，很少开火做饭，烧水也是用电热壶，本来也不太可能起火。

我走到玄关，想去看看外面的情况。刚要伸脚穿鞋，我又发现了一个奇异的现象：黑皮鞋上薄薄地积了一层灰。真怪啊，这可是昨天才开始穿的新鞋。

迈出脚步的瞬间，啵的一声，不知什么东西冒了上来，看起来像是蒸汽，酷似刚才起床时涌上来的白色东西。我觉得应该是灰尘，但还是有点不对劲。如果灰尘浓厚到这个程度，一吸到肯定就会被呛住了，但我却好端端的，丝毫没有不舒服的感觉。

我走出门查看，只见走廊上也弥漫着淡淡的烟雾，但周围静悄悄的，动静全无。今天是周日，公寓里不可能一个人都不在，要是真的起火了，一定会乱成一锅粥。

我决定搭电梯到一楼看看。这时，有个女人从六楼上到七楼，那是个中年女人，穿着白毛衣，手上抱着一只白猫。在我们这栋公寓，住户可以随意养宠物。看到我身穿睡衣、脚蹬皮鞋，不伦不类地站在电梯前，女人满脸不悦之色。

我也一样不痛快。那女人抱着的猫，身上一直在飘散出东西。每次女人一抚弄猫，那东西的量便会增加。我定睛细看，原来是猫毛。猫的全身覆盖着无数脱落的细毛，只是由于静电的作用才勉强挂在那里，但不知怎么又四处飞散。我紧贴着电梯墙壁，尽可能远离那只猫。

到了一楼，我隔着玻璃眺望公寓外面。没有什么异常的情形。人行道上，一些年轻人来来往往。

我走到公寓外。

正值严冬二月，我只穿着单薄的睡衣，冻得皮肤都发痛。但一看到眼前的情景，寒意霎时被吹得无影无踪。

四周全都裹在深灰色的雾气之中。雾气弥漫在道路上，顺着大楼的外壁蔓延过去，将周遭的建筑物悉数吞没，风一吹，雾气便飘摇不已。

有几辆车从我眼前的路上开过，车尾都拖着一个大大的固状物，仔细一看，其实不是固状物，而是烟。汽车的排气管就像蒸汽机车的烟囱一样，不停地冒着烟。充斥周围的烟雾看来就是来自这里。

这到底是怎么回事？难道车子的引擎都坏了？

不可能有这种事。更不可思议的是，路上的行人好像对此毫无察觉。

“你怎么了，穿成这个样子站在外面？”

后面有人问我。

我回头一看，是公寓的管理员，他正在公寓前扫地，扫帚一扫下去，就扬起大量灰尘，像倾盆大雨般落在他身上，他却依然笑眯眯地扫着地。

“你在干吗？”我问。

“你问我干吗？当然是在扫地啊。把玄关扫得干干净净的，心情也舒畅。”说完，管理员拿出香烟，点上一根。

紧接着，他像一头怪兽般，吐出一条巨大的烟柱。

2

“哦，这种症状出现在你身上了啊。你已经二十八岁，或许也该出现了。”

听我原原本本说了事情经过，老爸看着我感慨地说。我心事重重地倾吐烦恼，他的语气却逍遥得很。

老爸是个眼科医生。昨天忽然发生的怪事让我不知所措，但我也发现看到那种怪异现象的人只有自己，于是来到老爸的医院就诊。

“你刚才说症状，那果然是种病喽？”

“说是病可能并不恰当，不如说是特异体质，反正把它当成一种超能力就对了。我本来也想，总有一天要告诉你，但实在很难解释清楚。”

“这么说，老爸你早就知道我会变成这样了？”

“不，我并没料想一定会发生在你身上。我们家族遗传这种体质，但概率很低，好几代才出一个。你爷爷也拥有这种能力，而我就没有。”

我不太了解爷爷的事，我记事时他已经过世。虽然存有照片，但从照片上完全看不出他的长相。不管哪张照片，他都戴着大大的口罩，架着眼镜，我一直以为他眼睛不好，还老感冒。

“到底是怎么回事？”我问。

“用一句话来解释，就是你有能力看到普通人看不到的细微颗粒。你觉得周围看起来雾蒙蒙的，其实是因为空气里悬浮着各种粉尘。你还说，从床上跳起来时腾起白色雾气，其实那就是室内尘埃。车子排出的废气最终也会汇集成微粒，在你眼中就成了烟雾。”

“别人抽烟时，我看起来也活脱就是‘吞云吐雾’。”

“是吗？”老爸歪着肥短的脖子，“普通人只在烟刚呼出，微粒还在密集状态时才能看到，但你在烟已经相当稀薄时仍然能看到。”

“为什么我会有这种能力？”

“我也不是很清楚。实际上我当眼科医生，最初的目的就是为了研究这种现象。可我也只知道，你可以感知到光以外的事物，大概是一种电磁波。你能接收到各种微粒发出的电磁波，并产生类似看到的感觉。”

对于我这个文科生来说，电磁波这种字眼就像东风过耳，不知所谓。

“理论就免了，总之你快帮帮我。”

“帮你？什么意思？”

“帮我恢复正常啊。像这样日子多难熬。”

“不好意思，我确实无能为力。发生的原因不明，也就没办法治疗。你就把这当成宿命，死心接受好了。我刚才也说过了，这并不是病。爷爷也曾经说过，习惯了之后还挺有趣的，用处也很多。”

“别说这么轻飘飘的话！老是看到奇怪的东西，简直麻烦死了。你好歹也是个眼科医生，总不能不帮病人吧？”

“真拿你没办法。”老爸搔了搔头，斑白的头上立刻有东西四下飞散，好像是头皮屑和掉落的头发。

他砰地一拍手：“那你就戴眼镜吧。”

“眼镜？”

“是啊。玻璃和塑料制品可以屏蔽那种特殊的电磁波，戴了眼镜，你应该就看不到微粒了。”

听老爸这么一说，我也想起来，透过玻璃看公寓外的景色时，的确和以前看到的一样。

“唉，明明眼睛好好的，还得戴眼镜？”

“你可以把它当成一种太阳镜啊。你爷爷在世时平常也都戴着眼镜。不过务必要让我给你做一次精密检查，千万不要找别的医生，我绝不容许大好研究机会被别人抢走。”

或许是找到了难得的研究材料很开心，老爸乐呵呵地笑了。

我是上班时间偷跑来医院的，离开医院后，马上赶着回公司。我供职的公司在大手町。

路上的出租车一边飞奔一边喷出蒙蒙烟雾，我招手叫了一辆，坐了进去。可惜这不是禁烟车，车里充满了上一个乘客留下的烟雾。老爸说得没错，当我隔着车玻璃眺望外面的风景时，一切都与往常无异。

公司里有空调和通风设备，废气带来的污染很轻微，但空气也不洁净，一有人走动，地上就腾起淡淡的烟雾，而大家都满不在乎地在烟雾中走来走去。以前的歌曲节目里，歌手脚下常会涌起干冰制造的舞台烟雾，我看到的情形和那很像。

我来到前台。那里并排坐着两位接待小姐，左边的就是我的女友由美。见我过来，她嫣然一笑，脸边萦绕着浅黄色的薄雾。右边那位也同样如此，只是薄雾的颜色有点不同。

“工作时间还偷偷补妆了？”我歪着嘴促狭地问。

“真没礼貌，当然没有了。”她有点发慌，旁边的同事则心虚地低下了头。

“瞒我也没用哦，你应该扑了粉底。”

由美闻言看了看四周，确认没人后，朝我凑过脸来。

“你看到了？”

“没有，可我就是知道。不说这个了，今晚一起吃饭吧？”

“好啊。”

“那就老地方，七点见。”说完我就离开了。

回到办公室，那里依然在举行火祭。

说火祭当然只是个比喻，其实是因为办公室的一个角落放出大量烟雾，看起来活像正月火祭时大烧门松和注连绳①，我就随便这样叫了。今天早上第一次看到时，惊得我直跳起来。

火祭的源头是吸烟区。公司里实行吸烟区与无烟区分开的制度，在每间办公室都专门设置了吸烟区，一般都设在通风口旁边，但烟枪们喷出的烟雾太多了，通风口力有不逮，超过处理能力的烟雾就飘向远处的座位。讨厌吸烟的人一直要求把吸烟区移到办公室外面，我现在终于明白原因了。

我坐到座位上开始工作，这时，对面的铃木纪美子伸手端起纸杯，从杯子里冒出氤氲热气。一看热气的颜色，我就知道里面泡的

①新年时挂在门前辟邪的稻草绳。

是红茶。

铃木纪美子是我们部首屈一指的美人，要不是我已经有了由美，说不定也会去追求她。不过由美品行可靠也是出了名的。

纪美子忙着工作，没有搭理我。我看着她，不禁觉得很惊讶，因为她也有补妆的痕迹，而且从肩到颈，萦着淡得似有若无的蓝色薄雾。我暗想那究竟是什么，却想不出来。

似乎是注意到了我的视线，纪美子一脸讶然地问："有什么事吗？"

"没什么。"

我低下头。其实我很想打趣说"你还是那么漂亮啊"，但这种话如今已经有性骚扰之嫌了。

火祭正进行得如火如荼时，一个身形高大的秃头男人出现了。他有着人的形体，但全身都笼罩在黄褐色的烟雾里，轮廓模糊不清。随着他大步走过来，烟也逐渐散开，烟雾里的人影终于清楚地显现出来。是我们科长。

"喂，那份报告写好了没有？"他一看到我就威严地问。他周围的烟雾已经消散了一大半，身上的西装却从灰色变成了不太干净的咖啡色，可能是因为烟雾的微粒仍然粘附在上面。他的脸和光秃的额头也比平常要黄，应该是头皮和脸上油光发亮的皮脂和烟粒混在一起的缘故。

"正在写。"

"快点写出来，明天的会议上一定要用。"说完，科长重重坐到旁边的座位上，跟着就打了个大喷嚏。我急忙闪身，因为我看到他嘴里喷出大量浑浊如污水的微粒，其中还有颜色特别浓重的结块，应该是一小块痰。

科长吐出的唾液和痰的微粒像花洒般在空中飞散，大部分都落在前面的纪美子身上，尤其是她手上的纸杯，溅进了不少痰的微粒。但她似乎毫无察觉，仍然津津有味地喝着杯中的红茶。

科长显然也不知道自己刚才干了什么好事，径自看起了文件，但朝我背后看了一眼后，他马上站起身。

出现在我背后的是公司的常务董事，有名的花花公子。

“这次公司高尔夫球赛的干事是你吧，我正好有点事，就不参加了。”

科长闻言直立不动，肃然回应，西装和脸又都笼罩在黄褐色的烟雾里。

随后，我发现了常务董事身上的异状。他穿着雪白的上衣，胸口处却悬浮着淡淡的蓝色微粒，像是古龙水。我又看了看纪美子，她颈边的蓝色薄雾，颜色与常务董事身上的一模一样，而且她看起来正竖着耳朵细听常务董事和科长的对话。我想常务董事缺席高尔夫球赛的原因，说不定是为了和情人偷欢。

习惯了之后还挺有趣的，用处也很多——我不禁想起谈到我这种能力时，老爸说过的话。

3

“骗人的吧！简直不敢相信！真的吗？”

听了我的叙述，由美一连发出好几种惊叹。我们在一家意大利餐厅共进晚餐。

“是真的。竟然会发生这种事，我也做梦都没想到。”

“真是不可思议啊！”由美不住眨着眼睛。她颈边悬浮着一圈淡粉色的气体，宛如土星的光环。我注意了一下，那应该是香水，看来是由美在约会前喷上的。

我的特殊能力似乎越来越强了，今天早上之前还只能看到烟雾的微粒，现在连空气里的不纯气体也能看出来。

菜肴上来了，服务生替我们往高脚杯里斟上葡萄酒，我从上衣口袋中拿出刚买的平光眼镜戴上。

“戴上这个，我看东西就正常了。”我告诉由美。

她显得不太高兴。

“觉得好像变得陌生了，心里有点不踏实。和我在一起时就别戴了吧。”

“咦，是吗？”我摘下眼镜。

送来的菜肴散发出大量的水蒸气、各种食材气味的成分、油和调料的微粒，在我看来餐桌上就像笼了层薄雾，高脚杯里也有什么东西咻咻地冒出来，我发现那是葡萄酒的酒精成分，便慌忙咕嘟一口喝干。环顾四周，我不由得兴致大减。空气里飘荡的灰尘多得吓人，源源不断地堆积在精心烹制的菜肴上。灰尘无处不在，餐厅的墙壁、天花板、地板，人的头发、衣服，全是灰尘的源头，服务生身上笔挺的上衣都脏得宛若流浪汉的行头。

“不行，这种环境里我一点胃口都没有。”我重又戴上眼镜。

我向诧异的由美解释了苦衷，一听我的描述，她也食欲全消。

“原来我们是在这么污浊的环境里吃饭啊？”

“只要看不到就没关系。”我嘴上这么说，却还是不想进食，刚才看到的情景仍历历在目。

从那天起，我就离不开眼镜了。不但吃饭的时候必备，做其他事的时候，如果不戴上眼镜，也会在意周围散发出的气体、烟雾之类，缩手缩脚什么都不想碰。由美开始不喜欢我戴眼镜，但后来也称赞说“很适合你呢”。

一天早上，我搭公司电梯下楼的时候，不小心把眼镜摔落在地，镜片当即碎裂。我的视力本没问题，所以没有备用品，于是那一整天我都忍耐着没有眼镜的生活。

很久没有透过肉眼去看这个世界了，眼前的情景让我目瞪口呆。整个世界充斥着来路不明的气体，几乎所有物体都有微粒散发出来，从来往的人们的衣服和随身物品上都飘散出不明物体，浑浊不堪的空气从口、鼻和皮肤进入每个人体内。就连他们的头发上都有东西飘散出来，特别是女性的脸，散发出的气体颜色真是丰富多彩。

我小心翼翼地走到自己座位上。我也想走快一点，但眼前老是雾蒙蒙一片，看不清楚。

办公室里，科长正对着电话嚷嚷。从他嘴里飘出浅茶色的气息，我霎时就知道他昨晚吃了大蒜。

他的气息在空中扩散开来，随着空调送出的风往外飘出。我急忙起身躲开，对面的铃木纪美子仍坐在原地。正当她对着电脑沉思时，科长的气息飘到她脸边，她马上表情大变，难受得脸都扭曲了，接着露出憎恶的眼神四下张望。发现气味的源头后，她毫不掩饰反感，捏着鼻子站了起来。

科长的气息缓缓飘荡着，移向了其他职员的方向，他们一个接一个露出了不快的表情。从各人的表情来看，座位离得越远，到达时间越长，气味也越淡。科长丝毫没发现部下们正一脸怒气地瞪着自己，仍然大剌剌地讲着电话。

一个女职员从抽屉里拿出一瓶喷雾，对着空中咻地一喷。看来是芳香剂，周围的人都偷偷拍手叫好。

芳香剂的雾气瞬间弥漫开来，最后飘到我这边，甜美的香气传到鼻腔深处。那气体在我看来是非常刺眼的粉红色，但每个人都畅快地吸着，浮现出满足的笑容。

到了午休时间，我前往公司的楼顶平台。每天在这里享用由美替我做好并带来的午餐，是我最大的乐趣。现在天气寒冷，我还是照来不误，因为我觉得这里的空气比室内要干净一些。

我们俩并排坐在唯一的长椅上，由美拿出橙色的塑料饭盒。

“你看，今天有特制的明太子饭团哦！”由美打开盒盖，向我展示里面的内容。

“噢唷，看起来很诱人啊……”

我伸手去拿饭团，却在中途僵住了。

饭团的表面染上了橙色。我立刻就明白了这颜色的来源。是塑料饭盒的成分有极轻微的溶解，附着在了饭团上。当然，由美是看不到的。

“怎么了？觉得不好吃吗？”

由美不安地问我。

“没那回事，那我吃啦。”我拿起一个饭团，尽量不去看它，大口吃了下去。饭团很可口，味道也一如往常。

“对了，忘记倒茶了。”

由美拿出水壶。那水壶和饭盒是一套的，我顿时有种不好的预感。

她把茶倒进白色的塑料杯，说了声“给，喝吧”，朝我递来。

“谢谢。”我伸手接过，看了看杯子里面。

正如我所料，茶水混浊发白。我看得出，是白塑料杯的成分混在了茶水里。

我闭上眼睛，一气喝了下去。没什么大不了的，如果戴着眼镜，我就会毫不知情地欣然喝下——我这样告诉自己。证据就是，茶的味道其实丝毫未变。

“好吃吗？”由美问。

“好吃，和平常一样好吃。”

我继续吃着混杂了塑料微粒的午餐。

4

次日是周日，我陪由美去都内的某所小学，观看她侄女参加的合唱比赛。

“听说这所学校是新建成的，特别气派哦。”由美开心地说。

她说得没错，学校确实很漂亮，外墙雪白得简直耀眼。我们前往合唱比赛的会场体育馆。

这一比赛全校学生都会出场，前来观赏的学生家长却寥寥无几。我提出这个疑问时，由美歪着头答道：

“据说有很多学生身体不好请假了。不过原因好像并不是流感大爆发，而是这所小学的水准很高，跟不上进度，干脆就不想来上学了。听说那些请假的孩子在家里可都是活蹦乱跳呢。还有的孩子抱怨一翻开教材就头疼，所以应该是精神方面的原因。”

我觉得她的话很有道理。

“我去洗手间。”说完，我离开了体育馆。

所有人都聚集在体育馆里，教学楼空荡荡的，随意游荡也不会有人过问。我上楼去洗手间，中途随手摘下了一直戴着的眼镜。

我眼前霎时一片灰色。

准确说来不是灰色，而是各种色彩混在一起后显示出的颜色。我凝神细看，发现是红、蓝、黑、橙等颜色的气体分子在空中混为一体。

走廊铺的是近来很少见的木地板，上面打了一层蜡，从蜡层上喷涌出浓重的灰色蒸气，我想起一种说法，蜡里含有有机磷。

墙壁和天花板也都有淡淡的气体飘出，那种气体我很眼熟，是甲醛。

我推开旁边教室的门，里面也充满蜡层的蒸气。不仅如此，空气里还四处飘荡着桌椅上使用的涂料的颗粒。墙上贴的时间表也有气体飘出，那是用万能笔写的，应该是笔迹里含有的溶剂挥发了出来。

讲台上放着一本语文教材，我翻开来看了看。

油墨的蒸气扑面而来，鼻孔也受到了油墨的刺激。我想起读小学的时候，每次翻开崭新的教材，闻到油墨的气息，心里都雀跃不已。那样大大咧咧真的好吗？有的孩子抱怨一翻开教材就头疼——

由美的话又在我耳边回响。

我出了教室，走进附近的洗手间。洗手间里有一个地方一直散发着花花绿绿的蒸气，我定睛一看，那里悬挂着除味剂。

走出教学楼，我不由自主地又迈向花坛，因为我看到那一带飘荡的气体颜色险恶。走近仔细看了看，我终于明白了——是喷得到处都是的除草剂。

“你干什么去了？上个洗手间也这么久。”回到体育馆，由美气冲冲地说。她几乎全身都散发出化学物质的气体，连涂的红指甲也袅袅生烟。

“没什么。”说完，我戴上眼镜。

比赛比我想象的还要冷清。正如由美所说，很多学生缺席，出场的学生看上去也有些没精打采，像被什么摄走了精气一样。

“对不起，今天的比赛没什么意思。”回来的路上，由美向我道歉。

“没关系，再说我也开了眼界。”

“开了眼界？什么啊？”

“说来话长。”

“哦。”

话音刚落，由美连打两个喷嚏，她伸手捂住鼻子。

“糟糕！”

“怎么了？”

“老毛病，一到春天就发作。”

“哦？”

我摘下眼镜。

黄色烟雾正缓缓覆盖整个城市，看上去就像海啸一般。烟雾无休无止地从空中飘落。

黄色微粒从我眼前掠过，飘向由美的方向，然后被她小巧的鼻孔吸了进去。

“阿嚏！阿嚏！阿嚏！”由美不停地打着喷嚏，眼泪直流。

“你不要紧吧？”

“怎么可能不要紧！”

话虽这样说，到底她准备周到，平时包里就备有口罩。她戴上口罩，又架上透明的护目镜。

“花粉最讨厌了，要是没这种玩意儿就好了。”由美眼泪汪汪地说。

我对花粉倒不过敏，真是幸运——在心里嘀咕着，我戴上了眼镜。或许以后再戴上口罩更好，这自然不光是为了抵御花粉。

说起来，过世的爷爷也戴口罩。

钟情喷雾

1

午休前的楼顶平台上，隆司作出了人生最重要的一搏。庶务科的亚由美站在他面前，是他把她约到这里来的。

隆司盯着亚由美的嘴唇。就在几十秒前，他刚向亚由美提出交往的请求。亚由美的表情并不太惊讶，可能早就从他的态度中有所察觉，而约她到这个地方，要说什么事大体也心里有数。

虽不惊讶，亚由美也没有露出喜色，而是低头不语，似在沉思。

稍后，她抬起头，说出对隆司而言不啻悲剧的回答，虽然他多少也已料到几分。

那回答是“抱歉”。

“我并不讨厌川岛先生，但说到交往啊、做恋人啊，总觉得有点勉强，没有那种感觉。就像现在这样，做融洽的同事不是也很好嘛。”

“可是……那先作为朋友交往怎么样？”隆司仍不死心。

亚由美笑了。

“我们现在不就是朋友吗？大家一起出去活动什么的，完全没问题。好了，我回去啦。”说完，她迅速转身离去。

不久，钟声响起，宣告午休开始。隆司兀自呆立在平台上，怔怔听着钟声。

回到办公室时，一个人也不在，大概都出去吃饭了。他坐到自己的座位上，桌上的电脑依然开着，处于联网状态，屏幕上显示着健康食品的检索结果。

隆司叹了口气，准备关掉电脑。正待伸手，蓦地心念一转，在检索栏里输入：

想有女人缘

隆司很清楚，即便如此检索也无济于事，但此刻的他极想找个地方将心事一吐为快。既然无法向别人倾诉，至少在网上发泄一下也好。

检索开始了。几秒钟后，画面上显示出检索结果。理所当然地，全是某人的网络日记、论坛中的闲扯和显然是在招摇撞骗的幸运商品宣传之类的东西，没有能疗治他心伤的内容。

这也难怪，隆司想。广受姑娘垂青，乃是全世界所有男子的梦想，可偏偏无计可施，只能在日记和论坛上发发牢骚，解决的办法也唯有祈求老天照应。

为什么自己总是没女人缘呢？隆司自认长得并非惨不忍睹，对姑娘也有心温柔相待，但只要一提出交往的请求，没有一次不是惨遭拒绝。至今为止的人生，一直重复着这样的悲剧。

是我哪里有问题吗？想到这里，他不觉已两眼含泪。

正心不在焉地瞄着检索结果，忽然，一个条目吸引了他的注意：

> 有的男子尽管性格长相都不坏，却不论如何努力都难获异性芳心。他为何没有女人缘？为何总被人说“让我们一直做朋友吧”？敝研究所致力研究这一问题，最终得出一个结论……

隆司觉得这事透着古怪，却格外在意。令他心有戚戚焉的是这句：为何总被人说“让我们一直做朋友吧”？这正是困扰了他多年的疑问。

隆司决定浏览那个网页。出现在整个画面上的，是“人类爱正常化研究所”这一标题。他心想愈来愈诡异了，同时点击了“所长寄语”一栏，出现如下文字：

> 恋爱究系何物？人为何会恋慕他人？这些问题的答案意外地简单，一言以蔽之，是为了人类的繁荣昌盛。一个人对他人怦然心动时，实际上是被某种肉眼看不到的事物所吸引。那不是精神性的存在，可以用科学清楚加以说明。换言之，若能对那种事物加以掌控，便有可能俘获意中人的心。如果您正在为此烦恼，务请惠临敝研究所。地址是……

隆司对着电脑低吟。看起来好像颇有些道理，该不会到头来还是幸运商品那一套吧？这样的疑惑挥之不去，但他还是记下了研究所的地址，就在他住的公寓附近。

2

那是一间又旧又脏的公寓，比隆司的住处更令人不敢恭维，门旁贴了张纸条，用记号笔写着“人类爱正常化研究所”。

隆司正想掉头而去时，门开了，出现一个骨瘦如柴的老人。

“你是来访的客人吧？”老人说，“请进。”

“不不，其实我是……”

“不必自我介绍了。我看得出来，你全身都散发出没女人缘的气质。”

“没女人缘的气质？”隆司心头火起，“不，我并不是那么没女人缘……”

“别死要面子了。你倒也不是一看就难以消受的丑男，大概属于老是被人说‘做朋友的话还可以’的类型。”

隆司惊得往后一仰：“你看出来了？”

“我怎会看不出来？你以为我研究这门学问多少年了？先进来吧。”

隆司依言迈进房间。看到里面的情形，他吃了一惊。巨大的桌子上放着各种各样的实验器材和药品，周围排列着复杂的电子设备。

“你是从哪儿得知这里的？”老人问。

“噢，我从网页上看到的。”

老人顿时瞪大了眼睛。

“什么？你是看了那个来的？连那玩意儿你都信，看来你真是病急乱投医了。”

“也不至于……我只是觉得有点意思……离家也近。”

“不用解释了。我在网页上没透露具体的研究内容，为的就是防止有人纯粹出于好奇跑来添乱。总算我的苦心没白费，遇到了你这样出色的人才。你身上没女人缘的气质之强，绝对属于睥睨群伦的王者级别。”

“请问，你说的‘没女人缘的气质’究竟是什么？”

“哦，我这就解释给你听。”老人清了清嗓子，“你知道 MHC 吗？”

“不知道。”

“用日语来说就是‘主要组织相容性遗传因子复合体’，由蛋白质构成，存在于白血球中。说 MHC 如指纹般因人而异、绝无雷同也不为过，但也存在相似的情况。讲到这里你明白吗？”

“明白。”

“实际上 MHC 表现出对疾病的免疫力特质，因此若是 MHC 类型不同的男女结婚，彼此的免疫力便能相辅相成，生下拥有优异生存本能的孩子。反之，MHC 相似的夫妻生下的孩子，免疫力则提升不大。你知道这意味着什么吗？”

隆司茫然摇了摇头。

“谁都希望有优秀的后代传承血缘，这是人的本能。所以人才会被 MHC 类型与自己不同的异性吸引，MHC 也因此常被称为恋爱遗传因子。这些都是经由实验证明了的事实。倘若你对谁动了心，也希望被对方爱慕，最好拥有与对方类型不同的 MHC。”说着，老人指了指隆司的脸。

“可怎样才能看出 MHC 的差别呢？”

“不是看，是闻出来的。”老人戳戳自己的大鼻子，“借由某种气味可以辨别。但那与通常的气味不同，即使刻意去闻也感觉不到。不过，如果用我发明的这台机器来分析，就能知道对方 MHC 的特性。”

老人轻拍了一下旁边的显示器。

“老实说，我在门前安装了传感器，对在房间外逗留的人进行 MHC 检测，现在画面上显示的就是你的分析结果。”

显示器上出现一条线，没有什么起伏，几近平坦。

“这能看出什么？”

“你看，几乎是一条直线，对吧？”

“没错。”

“这条线体现的是 MHC 的特性。如果特性丰富多彩，线条就会有剧烈的起伏，反之则很平坦。从检测结果看，你的 MHC 特性很贫乏。”

“那……”

“对女人而言，你没有结合的价值，因为如果与你结婚，孩子不能获得新的免疫能力。”

“怎么会这样……”隆司哭丧着脸，“不能想个办法吗？”

“所以说要设法解决这个问题啊。首先需要分析你意中人的MHC，当务之急就是弄到粘附有她汗液的物品，接下来的事就交给我了。”老人拍着胸口保证。

3

一周后的某天，隆司站在公司茶水间门外，亚由美就在里面。他做了个深呼吸，悄悄从怀里取出一件东西。那是个小型喷雾容器，昨天从那位老博士那里拿到的。

“你偷拿来的她的手帕，我已经作了MHC分析，这容器里装的液体能散发出与她截然不同的MHC，你把它喷到身上，她应该就会对你动心了。”

隆司将信将疑，但怎么也说不出不想尝试的话。况且因为液体还在研究阶段，博士便免费提供给他，就算无效也没有损失。

隆司往两腋咻咻地喷雾，液体毫无气味。

亚由美出来了。看到隆司，她“咦”了一声，面露讶色。

“你好。”他说。

“你好。”可能是因为隆司前几天的表白，亚由美仍显得有些不自在。

“那个，今晚一起吃个饭怎样？当然，这纯粹是朋友立场的邀请。”

“吃饭？还有别人吗？”

“没有，就我们两人。”

“呃？那可有点——”

不等亚由美说完，隆司急忙朝她走近一步。博士叮嘱过他，最好尽量接近目标，以便让她感受到 MHC。

隆司才一走近，亚由美一直绷着的表情便如冰雪融化般和缓下来。

“好啊，偶尔两个人一起吃个饭也不错。那下了班联络吧。”她爽快地说。

“好、好的。能告诉我你的手机号码吗？”

“可以。”

亚由美痛快地报出号码，而此前她一直坚决不肯透露。隆司满心雀跃地存储到手机上。

这天，隆司觉得挨到五点简直漫长无边。下班铃声一响，他马上给亚由美打电话，约在附近的咖啡馆碰面。

来到咖啡馆，亚由美已经到了。她笑脸相迎，但隆司坐下的刹那，她的表情蓦地晴转多云。

“川岛先生，今天还是算了吧。”

“咦？为什么？”

“来这里之前，我也兴高采烈，但实际一接触，怎么也没有期待约会的心情。真不好意思，不过……”

隆司心里发急，看来药力开始失效了。

“等、等一下。”他站起身，朝洗手间走去。一避开她的视线，他便急忙拿出那瓶喷雾，再次往两腋喷去，然后返回座位。“抱歉，你刚才说什么来着？”

“我是说今天的晚餐就算了……”说到这里，亚由美的表情蓦然变了，片刻前还很凌厉的眼神柔和起来，“虽然这样想过，但毕竟已经约好了，我也想进一步了解川岛先生，还是走吧。我们去哪里？”

“随你。”隆司暗暗舒了口气。

这天的约会成了隆司有生以来最幸福的事情。不仅如此，他还是第一次约会如此圆满，一切都按计划进行，围绕着准备好的话题谈得十分热烈，亚由美向他投来心荡神驰的眼波。

当然，这都是拜药水之赐。证据就是，每次效力一过，她的态度就随之一变。

“川岛先生……今晚让你破费了，可二人晚餐就到此为止吧。我啊，终究还是找不到感觉……”

这种台词一旦出口，就意味着亮起红灯。每到此时，隆司便急忙离开座位，喷洒药水。回到座位上时，她又和悦起来。

“对不起，我怎么会说出那种话呢，明明在一起开心得很。刚才的话就忘了它吧。”

“没关系，我一点也没往心里去。”话是这样说，隆司的后背都被冷汗浸透了。

多次之后，药水越剩越少。在最后去的那家酒吧里，他开始提心吊胆，生怕她会恢复清醒。本来他甚至梦想如果进展顺利，就邀她去宾馆，至此也不得不放弃。

4

第二天，隆司造访了研究室，首先认可了药水的效果，接着拜托博士改用更大的容器来装。

“这样啊。可是按说药效应该不会那么快就过去才对……”博士侧头思忖。

“但她的态度确实变冷漠了。如果还用那么一点药水，下回也肯定不够维持到宾馆的。”

“那还真叫人同情。好吧，这次用个大号的喷雾容器装药水。”博士拿出一个容器，有杀虫剂的喷罐那么大。

看到那容器，隆司感到十拿九稳，股间早早便亢奋起来。

下一个周六，隆司的第二次约会来临。在咖啡馆碰头后，两人前往亚由美想去的公园。

天气很热，哪怕坐着不动也会出汗。或许正因这样，药效很快就会减弱。排队等坐过山车时，隆司也频频取出喷罐喷洒。

“我说，你为什么老是用止汗喷雾呢？”亚由美似乎注意到了他的举动，提出疑问。喷雾容器体积很大，又是放在包里随身携带，自然遮掩不住。

“这个啊，我容易出汗嘛。”隆司边说边往腋下喷去。

“哦？不过一闻到那个气味，总觉得心情也变得愉快了。”

“是吗？”

“嗯，感觉很陶醉。”亚由美伸手挽住他胳膊。隆司心醉神迷，股间也径自昂扬起来。

然而十五分钟过后，她的态度就逐渐改变，隆司正担心她会忽然把胳膊抽离，就听她语调严峻地说道：

“我们还是一直做朋友比较好，这么不咸不淡地约会也没什么意思。”

“等一下，再考虑考虑吧。”

隆司一往腋下喷药，她的态度便又一百八十度大转变。

“说的也是，还是应该深思熟虑，毕竟我这么喜欢你啊。”

可能是心理作用，隆司感觉药效的维持时间在渐渐变短。从公园出来，隆司急忙邀她吃饭，尔后又匆匆去了酒吧，待她微醺时，隆司下定决心邀她去宾馆。开口之前，他喷了比平常略多的药水。

亚由美两颊微微泛起红晕，点了点头。

进了宾馆房间后，她提出要洗个淋浴。隆司很想趁药力尚在时一亲芳泽，但又无从反对，只能怀着祈祷的心情叮嘱：“快点出来哦。”等候时，他也喷药不休。

亚由美总算出来了。她身上裹着毛巾，浴后的皮肤染上了桃色，隆司一见顿时血脉贲张，当下就想扑将过去。

“别忙，你也要去洗个澡。”

“啊？我就算了吧。”

“这可是我们值得纪念的一夜，先好好洗干净身体吧。你好像出了不少汗。”

隆司之前也亲口说过自己爱出汗，这时自然不能对她的话置之不理，只得万般无奈地进了浴室。一旦洗了淋浴，煞费苦心喷上的药水就会冲得一干二净，可若是身上没有肥皂的气味，她恐怕也会起疑心。

流着眼泪洗完淋浴，隆司再度喷起药水。不料才喷了一丁点儿，喷嘴就冷酷地发出扑哧扑哧的告急声。

天哪！饶了我吧！尽管这样祈求着，药水还是无情地喷光了。

隆司匆忙走出浴室，亚由美已经钻进被窝。他挨着亚由美身边躺下。

“把灯关了。”她小声说。

隆司唔了一声，点点头，关了床头灯，心里暗暗祈祷，但愿药水的效力能维持到雨散云收。

“亚由美，我爱你。”他毫不犹豫地说出之前从未出口的热情告白，因为他心急如焚，觉得必须尽早行动。

“谢谢。”黑暗中传来亚由美的声音，“我也……”

“亚由美……”隆司转过身，朝她伸出手去。手触到了一个柔软的所在，一定是她的肩膀。隆司用力揽到身边，呼吸骤然急促：“我……我……”

“对不起。”下一秒钟，从头顶传来亚由美的声音，“今晚我无论如何也没有那种心情。虽说直到刚才都打算在一起……还是下次吧。”

亚由美利落地换上衣服，抛下目瞪口呆做声不得的隆司，离开了房间。

几秒钟后，隆司才发觉自己拥过来的是枕头。

5

“调查的结果，发现一个很棘手的问题。”博士语气平淡地说，“简单来说，就是你的 MHC 太过强力了。”

“什么意思？”

“利用药水可以吸引对方，但那也是有限度的。像你这样散发出强劲 MHC 的情况，用药也没法蒙混过关。就算大量使用药水，用得过多对方也会产生耐药性。很遗憾，那药水早晚会完全失效的。”

“那该怎么办才好？”

隆司拼命追问，博士却只是摇头。

“没办法。算啦，已经约会了好几次，也该知足了。”

“少说这种不负责任的话！”隆司揪住博士的衣领。

“好、好、好难受。你的 MHC 过于强力，我也没法可想。”

“把药水给我，剩下的药水全部给我！”

“可以是可以，但就像我刚才说的，药水失效只是个时间问题。”

“那也无所谓。剩下的时间里我一定会想出办法。”

“我觉得放手更好。”博士从橱柜底下拿出一个两升装的塑料瓶，“全在这里了。”

隆司双手捧起塑料瓶，再度喃喃低语：“一定会想出办法。”

6

看到隆司，亚由美睁大了眼睛：“怎么这副打扮？”

“说来话长。”隆司回答，“果然很奇怪吧？”

“那倒也不至于……”她吞吞吐吐地说。

隆司身穿西装，却背了个帆布背包。包里装的自然是那个塑料瓶，再通过软管把瓶里的药水引导到腋下。他觉得追不到亚由美都是因为没有持续喷雾，苦思冥想之后得出了这个法子。

“我借了辆车，一起去兜兜风吧。”

亚由美闻言欣然抱起了胳膊。

“我向朋友炫耀说，交到了很帅的男朋友。”坐在副驾驶座上，亚由美带着几分羞涩说道。

“咦，男朋友……谁啊？”

“什么嘛，你明明心里有数的。”她拧了一把隆司的大腿。

哎哎哎……隆司顿时扭捏起来。这是他过去从未体验过的滋味，和这么可爱的姑娘约会，如情侣般相处——简直像在做梦。

但事实上，这的确类似梦境，他如此告诉自己。药水一旦用光，亚由美的爱意也就到头了。即便药水还有，迟早也会归于无效。

兜完风，两人在餐厅用餐，接着去打保龄球。隆司投球时也背着帆布背包，亚由美似乎觉得很奇怪，但也没追根究底。她看上去很幸福，隆司则更不用说，满心喜乐。

出了保龄球馆，隆司走向港口。两人在长椅上坐下，从这里可以眺望到夜色下的大海。

“好棒的一天，太开心了。”亚由美说。

“我也是。”说着，隆司的心情陷入了绝望。他发觉腋下已不再湿润，药水终于用完了。

“能与你邂逅，我觉得非常幸福。”

听到她的话，隆司深受感动，同时也下定了决心。

“有件事我一定要向你坦白。”他说。

“什么事？”亚由美不安似的眨着眼睛。

“实际上……”隆司咽了口唾沫，把至今为止的事和盘托出。从不可思议的老博士那里拿到药水，利用那种药水迷住她……最后从背包里取出已空荡荡的塑料瓶给她看。

本以为她会大吃一惊，再不就是冲他发火，不料她却哑然失笑。“我喜欢你是因为药水？哪可能有这种事。川岛先生，你在逗我吧？”

“不，是真的。你会喜欢我，全是拜药水之赐。现在药水的效力已经过去，所以我希望在最后时刻向你坦白。”

“开玩笑的吧？”

“我是认真的。要真是玩笑该多好啊。”隆司不觉流下泪来。

亚由美的神色严肃起来，大概是从他的样子察觉出不像在开玩笑。

“这是真的吗？”

“嗯……”他垂下了头。

亚由美用力摇头。

“我不信。不，你说的可能是实情，但要说我一直以来的心情是因为药水的效力，我绝不认同。因为，我明明是那样在乎你啊。”

“亚由美……”隆司凝视着她。

“一开始可能是药水的作用，但如今我这份心意绝非虚假。我喜欢你，相信我。”

望着她真挚的目光，隆司涌起无法形容的喜悦。若是不利用药水她也爱自己，简直是无上的幸福！

隆司伸手扳过她的肩，用力将她拥过来，凝望着她的唇，将自己的嘴唇缓缓挨近。

“我喜欢你。”她说。

“嗯，谢谢。”隆司将唇再挨近几分。

“我对你的感情永不会变，今后也一直如此。”

“我也是。”

“今后也一直一直，”亚由美继续说道，“是我最重要的朋友。”

“什么？”

“我们的友情毫无水分，让我们永远做朋友吧。”她点着头说。

7

与亚由美分手后，隆司迈着蹒跚的脚步前往博士的公寓。纵然只是短暂的镜花水月，毕竟是博士赐给了他这段幸福时光，他打算前去致谢。

从博士的屋子里传出怪异的动静。仔细听时，那是博士的声音，不知有什么乐事，他正快活地哼着歌。

隆司推开门，只见博士手持一瓶清酒，一个人兴高采烈，自得其乐。

“哎呀，是你啊。怎么啦，一脸闷闷不乐的样子。先来干一杯吧，庆祝我大功告成！”博士语气奇异，眼里也已醉意朦胧。

“有什么好事吗？”

“当然有好事了。我终于成功了，造出了大受欢迎的商品。”

“是什么？那个钟情喷雾吗？”

博士听了猛摇手。

“比起那玩意儿，我想到了更能商品化的东西。你看这个。”博士指了指电脑屏幕，那里正显示着“人类爱正常化研究所”的主页，上面追加了如下宣传语：

> 好消息！您正在为老公或男友花心而烦恼吗？现在，划时代的药物已经问世，名字就叫——绝情喷雾！只消向老公或男友身上喷一下，他就会摇身一变，成为不受任何女人青睐的男人，花心的担忧从此一扫而空。如果您希望获得试用品……

“这是什么？”隆司问博士。

“就是主页上说明的那样啊。赠送试用品后反响热烈，今天一天的订单多得吓人，这下我总算从贫困生活里解放出来了。”

“这个绝情喷雾，难道就是……”

“猜对了！”博士说，“是用你的 MHC 制造的。你的没女人缘程度太惊人了，因此我便尝试逆转思路来研发商品。哎呀，你实在不简单，至今我也算见过形形色色没女人缘的男人，像你这样的真是绝无仅有。你很了不起，没女人缘气质的特性与众不同。今后也请继续被甩，进一步磨炼没女人缘的气质吧。加油啊隆司，加油啊，没女人缘之王！没女人缘万岁！没女人缘万事如意！没女人缘长存——”

隆司把博士打翻在地。

灰姑娘白夜行

1

“喂，我的礼服下摆怎么还绽着线？不是叫你好好缝上吗？你发的什么呆！”

长女的尖叫声在屋子里回荡。虽然是常有的事了，院子里劈柴的佣人还是吃了一惊，透过窗子往屋里偷瞧。

“对不起姐姐，我马上去缝！”小女儿灰姑娘拼命道歉。像这样的情景，佣人不知看过多少次了。

“算了！我穿别的去。你简直就是个废物！”长女怒气冲冲地想脱下礼服，但她那肥胖的身体原本就是硬塞进紧窄的礼服里，这时死活拉不下拉链，到底哧的一声，礼服撕裂了。

“呜！都怪你！都是你的错，害得我礼服也报销了！”

“对不起！对不起！”

“灰姑娘，我的鞋子擦了吧？”灰姑娘的继母问，“没擦的话可饶不了你。”

“擦了，母亲大人。”

“哎呀，我没有配礼服的项链，怎么办？”次女嚷了起来，“对了，灰姑娘，你有条不错的，把那个拿来。”

“可那是先母的遗物……”

“啰唆！叫你拿你就快点拿来！”

“可是——”

“还敢顶嘴！”继母和两个继姊同声威吓。灰姑娘眼里泛出泪光，低低应了声“是”，走出屋子。

佣人从窗前离开，摇头叹息。每次争吵起来，总是以灰姑娘委曲求全收场，让他觉得很泄气。

老爷也不知怎么搞的，选来选去偏偏选了那种女人做续弦，佣人不可思议地想。长得难看，心肠又坏，这还不算，还有两个性格差劲的拖油瓶。要说这桩婚姻的好处，也就是经济上稍微宽裕些了。那女人是有名的高利贷者，据说身家丰厚。

这财产方面的理由想必是举足轻重的，佣人暗想。灰姑娘的父亲是个贵族，但可以说毫无财力，听说一直全靠啃祖上的老本，可渐渐地积蓄也见了底，最后陷入连土地和房产也不得不卖掉的窘境。

正在这时，那个叫丹德拉的坏心眼女人出现了。丹德拉是个暴发户，不是名门望族出身，对此她颇有自卑感，所以看上了灰姑娘的父亲。说白了，她就是想得到贵族的地位。

但灰姑娘成了这桩婚姻的牺牲品。继母带着两个女儿来到这个家后，认为灰姑娘是靠她们给饭吃，完全把她当下女使唤。灰姑娘不愧是个乖女儿，一直默默忍耐，唯恐触怒了她们令父亲为难。这种状况做父亲的不可能毫无察觉，但形同傀儡的他一旦和太太离婚，就会谋生乏术，因此从未出言干涉，对灰姑娘的苦恼佯作不见。

继母与两个姐姐穿着和她们毫不相称的华丽衣服，坐上马车出门去了。看样子今晚又有什么地方开派对。至于灰姑娘，当然是留下来看家。

灰姑娘目送着她们离开，佣人冲着她的背影唤了一声："小姐。"

灰姑娘回过头，望着他微微一笑。

"劈完柴了？辛苦啦，给你泡点茶吧？"

"茶就算了，小姐你为什么要对那几个家伙唯命是从呢？你才是这个家的正式继承人啊，应该跟老爷说说，教训她们一顿。"

灰姑娘顿时显出悲哀的神色，但随即又露出笑容。

"我不想让父亲为难。你也什么都别和父亲说哦。对了，今晚可以麻烦你看家吗？"

"没问题。你又要去打工？"

"是啊，我也得稍微挣点钱呢。"

"唉，要是老爷也干点工作，小姐你也不用这么操劳了。"

"不要说这种话啦。"

灰姑娘的语气很温柔，却透着不容置疑的严厉，让佣人再也无话可说。他深知灰姑娘其实内心极为坚强。

2

这是一家高级服饰店，除了礼服与饰物，还经营其他各式各样的装饰品，最近甚至开始出租豪华马车。总之，就是所谓的贵族用品专营店。

晚上八点三十分，露麦罗转悠到店后，敲了一下后门，门无声地打开了。

灰姑娘在里面等她。

“辛苦了，谢谢你啊。”

露麦罗闻言摇摇头。

“该我道谢才对，你真是帮了我大忙了。”

“能帮着你就好。”

在灰姑娘的催促下，露麦罗走进屋里。那是店里的仓库兼裁缝室，店里出售的礼服之类全是在这里制造的，店面摆不下的商品也都在这里保管。但这里并不是什么华丽的所在，因为商品都捆扎得严严实实，根本看不到。屋子里到处是裁缝工作后扔下的碎布头和零部件，说凌乱脏污也不为过。

露麦罗的工作就是把这里打扫干净。

“给，这是上个月的薪水。”

从灰姑娘手里接过薪水袋，露麦罗几乎忍不住流下眼泪。

“灰姑娘，我该说什么才好……”

“为什么要哭呢？活是你干的，拿报酬是理所当然的事。这样也能给生病的妈妈买药了。”

露麦罗点点头。她还想再说几句感谢的话，但知道灰姑娘不喜欢听，便没有做声。

这份工作本是灰姑娘的，但她知道露麦罗为找不着活干发愁后，便偷偷让给了她。说是让，其实瞒着店主。露麦罗的母亲有病在身，而且流言四起，说是恶性传染病，害得露麦罗连一个愿意雇用她的地方都找不到。

多亏了灰姑娘，露麦罗才能养活母亲。

“我十二点前回来，这里就拜托你了。”

“包在我身上。你今晚也要去送货吗？”

“是啊，客人说一定要今晚就看到。”灰姑娘抱着服装盒说。她的工作之一就是第一时间向客户展示新商品，不时会从仓库里牵出马车前往。

要在十二点前赶回，是因为之后警卫就会过来值班。届时露麦罗必须离开这里，灰姑娘也就必须赶回。

灰姑娘手抱服装盒，道声“再见”便出门了。

3

这个城市住着很多贵族和财界人士，他们每天举办舞会或派对，规模大小皆有。大部分人只去固定的场所，但也有人喜欢周游各处。这些人之所以常在好几处会场来回游弋，归根到底，无非是为了寻求淑女。

在这群派对迷中，有个女人成了最近的话题。

那女人在各处的舞会和派对出没，每次都穿着最高级的礼服，佩戴最高级的饰物，展现优美的舞姿，俘获诸多男宾的心后，便不知消失在了何方。男士们称她为假面女郎，因为明明不是假面舞会，她却总是戴着遮住眼睛的面具。尽管如此，她必定是个卓尔不群的美女，这一点没有任何人怀疑。

假面女郎今晚也出现在一场舞会上。不用说，那些男宾都围着她打转，想方设法要和她共舞一曲。

“你看，她腰部的曲线多迷人，要是能得到那样的尤物，真是男人无上的享受啊。”一个年轻贵族悄声向友人说。

“你还是死心吧，听说她只和真正的贵族或富豪共舞，我们就算去邀请她，也只会落得被一口拒绝的下场。”

“那我们这种贫穷贵族就只能含着指头眼巴巴望着了？这也太郁闷了。对了，她到底是何方神圣？”

“不太清楚。有传言说是王室的亲戚，又说是外国的公主，但都是毫无根据的臆测。不过，她肯定不是泛泛之辈，因为她不管什么时候出现，都是一身极华贵的行头。今天戴的戒指你看到没？那号钻石，我见都没见过。”

“总之，一看到她，就会发现自己是多么渺小的角色——哟，又有嘉宾来了。”年轻贵族朝入口处一望，立刻一脸厌烦之色，“糟糕，来了三只小猪。”

“唔？那是什么？”

“就是那个放高利贷的老婆子和她的两个女儿。和贵族结了婚，总算能如愿以偿出入这种场合，但怎么打扮都不伦不类，连看的人都替她们难为情。”

贵族的友人望了她们一眼，脸厌恶地扭成一团。

“是那几个女人啊。砸下大把金钱，却一点都看不出雍容华贵的感觉，十足暴发户品位。咦，假面女郎退场了。”

“她大概是不想和三只小猪在一个地方跳舞吧。假面女郎一走，男宾们也纷纷回去了。”

“我们也回去吧。在这儿呆站下去，小心得奉陪小猪们跳舞。”

两个年轻贵族快步走向出口。

4

丹德拉和两个女儿回到家时，已是深夜。一进房间，长女就把包扔了出去。

“可恶！今晚这个舞会怎么回事呀，那个假面女人一回去，男宾们也都跟着走了。没礼貌也要有个限度！”

“母亲，下回我也要戴面具去。只要戴上面具，说不定就会像那女人一样广受欢迎了。”

丹德拉没有回应次女的提议，她觉得这多半是白费力气。就算戴了面具，也藏不住肥胖的身体和双脚。

“灰姑娘！喂，灰姑娘，你死哪儿去了？”丹德拉叫。

门开了，穿着简陋衣服的继女出现了。“您回来啦，母亲大人。姐姐们也回来了。”

“回什么回，夜宵呢？舞会后肚子饿得很，你准备了什么吃的没有？”

“啊……对不起，那我现在去做三明治。”

“别磨磨蹭蹭的，赶快去做。”丹德拉把礼服脱下扔到一边，只穿着内衣坐到椅子上，燃起一支烟，“且不提那女人，你们听说了城堡舞会的事没有？”

“听说了，说是王子要选妃！”长女两眼放光。

“这可是个千载难逢的机会。你们中间随便哪一个被选上，早晚都会成为王后，而我就是王后的母亲，跟捞到整个国家没两样。不管用什么手段，也要把王子勾引到手。”

“母亲，我会努力的！”次女两手紧握在胸前。

打量着女儿们的模样，丹德拉不由得绷起了脸。照她们现在这副德行，再怎么努力只怕也不会被王子选上。

“你们两个，从明天起就给我跑美容院。到舞会之前最少要比现在减上十公斤……不，二十公斤！”

“什么？那怎么可能！”长女的脸顿时哭丧起来，“顶多减个两公斤就了不起了。”

“白痴，那可赢不了王子的爱情！”

灰姑娘将盛着三明治的碟子放在托盘上，端了过来。

“母亲大人，刚才您说的是真的吗？王子要在下次的舞会上选择新——”

“与你无关。”丹德拉斩钉截铁地冷冷说道。她带着同样的气势使劲打开次女伸向碟子的手，“你干什么？没听到我刚才说的话吗？你们俩马上给我减肥，而且是最强力的绝食减肥。到舞会那天为止，除水之外一概不准进口。听明白没有？”

“什么？”两个女儿吓得直往后仰。

“那这个三明治呢？”长女问。

“当然是我来吃，还用问。喂，灰姑娘，你发什么呆，光吃三明治会噎嗓子，快给我拿点喝的过来。”

“好，马上就来。”灰姑娘跑进厨房。

丹德拉狼吞虎咽地吃着三明治，两个女儿流着口水眼巴巴地盯着。

5

灰姑娘来到贝特罗的住处。贝特罗是个鞋匠，与灰姑娘的亡母有亲戚关系。

“你说什么？做一双玻璃鞋？”贝特罗睁大眼睛。以前灰姑娘也曾托他做鞋，但指定以玻璃为材料却是头一遭。

“对，我无论如何都想要一双玻璃鞋。鞋匠多的是，但有本事做这种鞋的，就只有贝特罗大叔你了，是吧？”

被一个美丽姑娘这么称赞，谁都会满心欢喜，贝特罗自然也不例外。

“那倒不是吹的，还没什么鞋我做不出来。可你为什么想要玻璃鞋呢？”

灰姑娘睁大了秀丽的眼睛。

“以前，大叔曾经这样对我说过：‘灰姑娘，你的脚真是小巧美丽，这世上谁也不可能穿你的鞋。’可是实际上，只要死命硬塞，就没有穿不了的鞋。连我那两个姐姐,也能把大脚用力塞进我的鞋。不过脱下后，鞋就变形到认不出原来模样了。大叔，我想要一双全世界只有我穿得了的鞋。那双鞋要与我的脚搭配得天衣无缝，其他任何人都无法穿上。为了达到这个效果,就得用不会变形的材料，对吧？我觉得玻璃不错。”

贝特罗明白了。确实，皮鞋或布鞋有伸缩余地，木鞋也很容易就能改动。

“嗯，我明白了。那好，我来做做看。”

“谢谢你，大叔。我最喜欢你了！”灰姑娘吻了一下贝特罗的脸颊。

贝特罗有点害羞，忸忸怩怩地开始取她的脚样。

6

城堡里举办舞会的日子到来了。

王子毫无兴致地开始打扮，大镜子里映出他不悦的神情。

坦白说，他还不想结婚。他很享受周旋于众多女人之间的单身生活，觉得一旦结婚就会被束缚住自由。

但王子的父母——国王和王后整日念叨，好像一心想让花心的儿子安定下来。

“王子殿下，舞会开始了，请移步会场吧。”侍从前来禀报。

“喊，麻烦死了。”王子懒懒地站起身。

会场里汇集了从全国精心选拔的少女，她们翩翩起舞，那情景宛如花圃群芳，摇曳生姿。

“哼，看来倒还都是美女。”王子略一扫视，在台上预备的椅子上坐下。

只凭美貌是打动不了我的，王子暗忖。还得具备别的魅力。最重要的条件是，要能令自己渴望拥有她，能令自己怦然心动。

王子眺望着那些少女，蓦地睁大眼睛，问旁边的侍从：“喂，那是谁？”

“啊？您说哪位姑娘？”侍从问道，心想莫非王子已早早看上某个少女。

“那边那两个，在柱子旁边，也不跳舞，狼吞虎咽猛吃东西的胖女二人组。”

“噢，那是……”侍从看着参加者的名单，“那是丹德拉大人的两个女儿。”

“轰出去！”

侍从应声而去，吩咐卫兵把那两个胖女带出会场。

“哎？为什么就我们俩得离开？”

“再让我吃一口蛋糕嘛！”

王子目送两人被轰走，叹了口气，重新环顾场内。不久，他的视线在一个地方停住了。那里有个少女，与其他人全然不同。

王子像方才一样，向侍从询问少女的来历，侍从看着名单，不解地歪着头。

“名单上只写着‘假面女郎’，来历不详。”

“假面女郎？”

她的确戴着面具，但看上去与其他少女迥异却不单纯是戴着面具的缘故。她全身散发出来的气质吸引了王子。

王子命侍从将少女召到身边。

在所有人惊异的目光中，王子开始与假面女郎跳舞。她的舞技也很娴熟。

“我希望多了解你一些，我们去别的房间吧。”王子在她耳边低语。

“别的房间”里放置了一张床。

所谓“希望了解你”，含义就是“想和你欢爱”。假面女郎没有抵抗，脱下了衣服，但依然戴着面具。

“为什么不让我看到你的脸？”王子问。

“王子殿下对美貌已经看腻了吧？看不到脸也没什么关系啊。”假面女郎答道。

王子心想说的也是，当下开始做爱。他改变了心意，觉得尝试一下隔着面具亲热的风味也不坏。

但他的游刃有余也到此为止了。刚一肌肤相接，他就完全陷于被动。假面女郎的技巧是那样高妙，连阅女无数的王子，也从未尝过这种飘飘欲仙的滋味。

他只觉如在梦中，第五次高潮后，从某处传来了钟声。

假面女郎从床上一跃而起。“糟了，十二点了！”

“时间还早啊。”

“不能多留了，再见，亲爱的。你的床上功夫还算过得去吧。”说完，她在王子脸上一吻，利落地穿上礼服，风一般出了房间。

王子恍惚了片刻，随即忽然想起什么，急忙起身。

他惊觉自己对少女的真实身份几乎一无所知。王子匆匆穿上衣服，离开房间，找到侍从问道：“假面女郎呢？”

“刚才坐马车回去了。”

王子沮丧地回到房间。他认定那才是最好的女人，自己一直在寻找的女人，却连她姓甚名谁、住在哪里都不知道，根本无从寻觅。

就在这时，垂头丧气的王子忽然看到了一个线索。不用说，正是玻璃鞋。

7

找到灰姑娘并没有花费太多时间。新娘探索队的士兵拿着玻璃鞋，挨家挨户走访有妙龄少女的家庭。

得知只要穿得上这双鞋就能成为王子的新娘，很多少女千方百计拼命想穿上，却无一成功。

丹德拉的两个女儿甚至给脚抽了脂，结果还是穿不进。

轮到了灰姑娘。起初她不肯痛快试穿，但硬逼着她穿上一看，竟严丝合缝。

对此她解释道：

“我的确是假面女郎，但真正的我如此寒酸，不愿让王子殿下失望，所以没有表明身份。”

她的坦白令继母和两个姐姐大吃一惊，但最吃惊的莫过于父亲米摩莱尔。他无法相信女儿会身着华服、乘坐马车出现在舞会上，因为他深知她没有那么多钱。

“这个嘛，说了你也不会信的。”灰姑娘事先说明。她说出的缘由的确令人难以置信。

根据灰姑娘的说法，一切竟然是请魔法师准备的。礼服和饰物都是由魔法变出来的，马车和骏马则是南瓜和老鼠。

米摩莱尔心想怎么可能有这种天方夜谭，但也只能相信。

他还有一个疑问。既然十二点一到魔法就会失效，必须匆匆离开，为什么玻璃鞋没有消失呢？

他问起这一点时，灰姑娘总是含含糊糊地敷衍过去。

算了，也不是什么要紧事。如此想着，米摩莱尔望向女儿披着婚纱的身影。

今天灰姑娘与王子的婚礼即将举行，灰姑娘看上去比平时更加美丽动人。

婚礼上云集了全国各地的贵族和财界人士，堪称世上最豪华的结婚仪式。

但新娘的家人只有米摩莱尔一位，继母丹德拉和继姊们都没有出席。因为米摩莱尔已和丹德拉离了婚，这是出于灰姑娘的建议。

“她们的任务已经完成了，给点钱让她们离去吧，父亲。”

米摩莱尔依言而行，丹德拉虽不情愿，但遭到来自王室的压力后，马上放弃了抵抗。

对米摩莱尔来说，能和丹德拉离婚真是如释重负。本来他对这桩婚事就不感兴趣，知道这女人心肠很坏，也亲眼看到她那两个女儿欺凌灰姑娘。

当初与丹德拉结婚，最终还是因为灰姑娘说服了他。

“父亲，这个世界上最重要的就是钱。如果觉得和一个女人结婚有抵触情绪，那就只当是和她的钱结婚好了。您和丹德拉结婚，生计就不用犯愁了，要不了多久，我就会抓住机会给她们瞧瞧。”

“可那三个人一定会欺侮你的，我不想让你过得不开心。”

灰姑娘微笑道：“那不算什么。我早晚会成为传奇的女主角，而女主角总要有一两出悲剧才相称嘛。”

婚礼终于开始了。在众人的祝福声中，王子与灰姑娘交换定情之吻。凝望着这番情景，米摩莱尔和其他人一样热烈鼓掌。

灰姑娘将脸转向民众，唇边泛起微笑。米摩莱尔思索着那微笑的意味。

跟踪狂入门

1

“对不起，我们还是分手吧。”

华子忽然向我发出分手宣言，是在一个风和日丽的星期天。我们面对面坐在表参道的一家露天咖啡店里，我正喝着冰咖啡。

“什么？”我拿开吸管，困惑地眨着眼睛，“你说的‘分手’是什么意思？”

或许是觉得我在故意装糊涂，华子不耐烦地丢掉插在芒果汁中的吸管，我正想她难道要直接拿起杯子喝，她已经咕嘟咕嘟一饮而尽。

“你真叫人着急！分手的意思当然就是分手，我和你分道扬镳，再不相干。走出这家店，我们就各奔东西。懂了没有？”

“等等，为什么忽然说出这种话……”明知这样很丢脸，我还是禁不住惊慌失措起来。邻桌的两个姑娘似乎听到了我们的对话，一直好奇地盯着这边。

“对你或许很突然，但对我一点都不。一句话，我不想再继续现在这种关系了，我已经厌倦了。”

华子猛地站起身，一脚踢开旁边的椅子，抛下我扬长而去。

我惊讶极了，愕然呆在原地，甚至想不起去追她。无数疑问在我脑中盘旋。

良久我才回过神来，走出咖啡店。背后传来其他客人的窃笑。

我在表参道上四处转悠,但哪里都找不到华子。我放弃了努力，回家了。

再怎么苦思冥想，我还是一头雾水。至少到昨天为止，我和华子之间应该没有任何问题。昨天晚上我们还煲了一个多小时的电话粥，今天的约会一直到走进那家店都很开心，她看起来也很愉快。

我又想，该不会是进了咖啡店之后，我有什么地方做错了？可我完全想不起来。我们在那家店总共也只待了短短十几分钟。

我怎么想都想不通，晚上我决定给她打个电话，弄清她的本意。但没等嘟声响起，我又挂断了。想到她当时相当激动的模样，我觉得今晚还是别去打扰她为妙。

躺在脏脏的房间里，我盯着天花板上的污迹，那块污迹的形状很像华子的侧脸。

我和华子是在打工的地方认识的，当时我们都在汉堡店工作，不知不觉就亲近起来，不知不觉就发生了关系，不知不觉就成了稳定的情侣。或许最确切的形容就是，谁也没有刻意去做什么，自然而然地就走到一起了。

我现在在设计事务所工作，华子白天上专科学校，晚上则在小酒吧兼职。她说她希望成为自由作家，但有多少实现的可能性，我完全看不出来。

我计划着再过一两年就和她结婚。这个意思我也向她透露过，她没有欣然同意，但也没有否定的表示，我便开始存钱作准备。

就在这个时候，这件事发生了。

我做梦也没想到她会突如其来地提出分手。到底是为什么呢？

2

从忽然提出分手算起，正好过了一周的那天晚上，华子打来了电话。听到我的声音后，她带着质问的语气说："你到底有什么打算？"

"啊？什么……"

"上周日发生了什么事，你难道不记得了？"

"什么事……你是说约会时候的事吗？"

"是啊。你不是被我甩了吗？你该不会想说，你还不知道吧？"

华子听起来老大不高兴，声音像连珠炮一般，冲击着我的耳膜。

"怎么可能不知道，你都说得那么清楚了。"

"那你很受打击吧？"

"当然了，这么突然。"

"既然这样，"她深吸了一口气，"为什么没有任何行动？"

“你是指……”

“我是说过去这一周，你什么都没有做吧？”

“是啊。”

“为什么？”

“为什么嘛……”我暗暗点头，明白了她发怒的原因。

这一周来我一直没有打电话，觉得适当冷却一段时间比较好。但她好像对此很不满意。

果然还是在等我联络呀！想到这里，我放下心来。

“我是在等你情绪冷静下来。看样子，你也后悔自己说了傻话了。”我试探着说，语气从容了一些。

“后悔？我为什么要后悔？”

“我不知道到底是什么原因，应该是那时你心情不好，顺口说出言不由衷的话来了吧？主动道歉又觉得难为情，所以一直等我打电——”

“开什么玩笑！”我话没说完就被她打断，“我才没有后悔。且不说我，你呢？就这么被我甩了也没关系？你就没想过付出点努力吗？”

“我想过啊。打算找个适当的时候和你谈谈……”

话说到一半，就听到她频频咂嘴。

“你还是没明白。我不想跟你说什么话，不是都已经分手了吗？”

“对啊，为什么忽然提出分手？”

“唉，真被你急死了。”华子不满地说，“我就是烦你这种地方。你到底怎么看我？喜欢，还是不喜欢？想分手，还是不想分手？”

“喜、喜欢，不想分手。”我结结巴巴地回答。

“那这种时候，你应该做出一些举动吧？”

“举动？我刚才也说了，想找你谈谈呀……还是说，你想要我送你什么礼物？”

“你白痴啊。一个女人把男人甩了，还会再接受他的礼物？”

“那……”我一只手拿着电话，另一只手抓着头，“我实在想不出来了。你到底希望我做什么？”

“我可没有希望你做什么。准确地说，那不是我希望你做的，而是你应该主动去做的事，如果你爱我的话。”

华子的话让我的思绪乱成一团，头也痛起来了。

“要做什么、怎么做，我完全不明白。拜托别卖关子了，直接告诉我吧。”

如此恳求后，话筒里传来一股猛烈的气息吹过的声音，听起来是她叹了口气。

“跟你说话真费神。就你这个德行，怎么可能不被甩？没办法，我就特别告诉你吧。你听好，男人如果被心爱的女人甩了，只会去做一件事，那就是变成跟踪狂。”

“啊？什么？”

“你没听说过吗？跟踪狂。跟、踪、狂。”

“你说的……就是那个跟踪狂？”

“没错。自己的爱不被接受时，男人就会变成跟踪狂，这还用说吗？”

“等等，就是说我要跟踪你喽？”

“是啊。”

“别说这种荒唐话了，我怎么可能做得了跟踪狂。”

“为什么？”

“呃……”我的头又渐渐痛起来了。

“你看过电视吧？电视上经常会播放跟踪狂的专题节目，里面的那些跟踪狂众口一词，都宣称自己是打心里爱着她才会这样做的，别人无权干涉。也就是说，这是一种爱情的表现。”

“有这种说法？”

“你不愿意？”

“总觉得不太想做……”

“哦？那你并不怎么喜欢我了？分手也无所谓是吧？”

“不，我不是那个意思。”

“我知道了，你不用再说了。既然连跟踪狂也不愿意做，说明对我的爱情最多也不过就是这种程度罢了，拜拜。”

“啊，等等——”

电话挂断了。

3

第二天，下班后我就前往华子打工的小酒吧。走进店时，看到她像往常一样，穿着日式短衫替客人点餐。我找了个空位坐下。

过了一会儿，华子似乎发现了我。不知为什么，她重重皱起眉头，走到我旁边。

“嘿。”我开口招呼她。

她没好气地把毛巾放到桌上。“你来干吗？”

“干吗……做跟踪狂啊。”

“跟踪狂？”

“是啊。昨晚通话后我考虑了很久，最后决定照你的要求做做看，所以就来找你。跟踪狂就是这样的吧？只要对喜欢的人纠缠不休就可以了。”

华子显得很扫兴。“跟踪狂可是很阴沉、很鬼鬼祟祟的。真正的跟踪狂只会躲在隐蔽处一眨不眨地偷看，哪会像你这样，大大咧咧地吆喝什么‘嘿’。”

“咦，是吗？”

“他们也不会堂堂正正地跟到店里来，在我下班离开之前，会一直等在电线杆后。你要是真有诚意，就给我再好好学学。”

“不好意思。”我不由得低下头去。可是，为什么我得道歉？

“你喝完一杯啤酒就出去，这里不是跟踪狂能来的地方。”华子说完，迅速转身走开。

没办法，我只好按她说的，喝了杯啤酒就离开了酒吧。但附近没有合适的电线杆，我便走进对面的咖啡店。幸好这里提供漫画消遣，我看着漫画《大饭桶》，不时瞄一眼窗外。

十一点过后不久，华子从店里出来了。我也走出咖啡店，跟在她身后。虽然很快就能追上，我还是保持着五米左右的距离，一路尾随着她。

华子忽然停下脚步，转过身来。

“你这也太近了一点吧？”

“是吗？可离得太远会跟丢啊。”

“这就劳驾你自己想办法了。”

“这……”真是难办。

“还有，”她又说，“你之前都待在哪里，做了些什么？”

“我在等你啊。”

“是在对面的咖啡店吧？”

“对。不找个合适的地方，等好几个小时很无聊的……”

华子双手叉腰，连连摇头，好像觉得我不可救药。

“看漫画之余，顺便当当跟踪狂吗？你可真会享受。”

“不，不是那样的。”

“跟踪狂都是极端执着的人，这种人的字典里哪会有‘无聊’这个词？你既然要当跟踪狂，好歹拿出点诚意让我瞧瞧，吊儿郎当的我决不原谅。”说完，她回过身，快步前行。

她说五米太近了，我只好把距离拉长到十米，继续跟在她后面。她不时回过头察看我的情形。

我们搭上同一辆电车，在同一站下车，走向同一个方向。终于，华子住的公寓快到了，那是栋女性专用的公寓。

华子打开自动门，进入公寓。她最后又朝我这边看了一眼，我躲在电线杆后面，把这些都看在眼里。

她的房间在三楼。我站在马路上往上望去，确认她房间的窗子透出了灯光。过了一会儿，窗帘微动，看来她也在看我这边。

这下总算可以交差了。这样想着，我迈步往回走。但刚走了十米，手机就响了。

“喂？”

“你要去哪？”是华子的声音。

“去哪……回家啊。已经没事了吧？”

“说什么呢！重要的事情还在后头。”

“咦？还有事吗？”

“当然了。跟踪狂确认目标回家后，会马上打电话过去，通过这种手段让对方知道，自己一直在盯着她。”

“哦，原来如此。”

“知道了就乖乖去做。”她径自说完便挂了电话。

真拿她没办法。

我折回老地方，用手机拨打她房间的电话。响了三声后，她接了起来：“喂？”

“是我。”

“什么事？”她的声音听上去与刚才截然不同，平板得没有丝毫起伏。

“咦……不是你叫我打的吗？”

“没事我就挂了。”说完，她当真挂了电话。

这算什么？到底是怎么回事？明明是她叫我打电话，我才打过去的呀。

算了，我再次打算离开。但手机又响了。

“你去哪？”这次华子的声音明显很生气。

“我刚才打了电话，可被你挂断了……”

“才被挂了一次你就收手，有你这样的吗？跟踪狂应该不屈不挠地打上好多次吧？”

“啊？”

“我收线了。你别什么都要人费心点拨行不行？”

我握着手机，满腹不解，但还是再次拨打到她房间。电话响了好几声后，传出答录机的留言："我现在外出，有事请……"

"奇怪，怎么变成录音了？"我对着手机说。通过电话的扬声器，华子应该可以听到我的声音。"既然你不肯接电话，我也没法子。那我挂了，明天再打给你。"

我决定结束通话。食指正要按下按键时，华子的声音忽然响起："笨死了！"

"哇！吓了我一跳。你干吗不接电话？"

"接到变态电话后，一般人都会把电话转成录音状态，不是吗？但你也不能这么干脆就举手投降。"

"那要怎么做？"

"你要主动开口大谈我的事，一个人喋喋不休地唱独角戏。"

"咦……可我到底该说些什么？我又不是说单口相声的，一个人自说自话，实在太难了。"

"你就说说我的话题，比如今天一天我做了些什么，最近的生活是什么状况，这样就可以。听到的人一定会想，为什么你连这些事情都知道，觉得毛骨悚然，这就是你要达到的目的。"

"哦。"

"懂了吧，那就再来一遍。"

我照她的要求，再次打电话过去，应答的依然是答录机，我吸了口气："你今天应该是先去专科学校，然后去打工，十一点后下班，十二点五分左右到家。我说完了。"

这回总该没问题了吧？刚这么一转念，还没来得及挂上电话，华子的声音响了起来："零分。"

“什么？”

“我说你得分为零。你这算什么啊？简直像小孩子写的画图日记一样简单。你就不能说点更加深入的细节？”

“但这种程度已经是我的极限了。”

“总还有别的事吧？像我今天早上吃了什么，昨天在房间里做了些什么。”

“那些我怎么可能知道？”

“为什么不知道？你可是个跟踪狂，跟踪狂就得无所不知。”

“这也太乱来了。”

“哪里乱来？反正从明天起，你这个跟踪狂要做得再像样一点。知道了？”

她一口气说完，挂了电话。

4

第二天，我利用公司的弹性工作制，比平时提前两小时下了班，来到华子就读的专科学校门口。她一出来，我就保持着十米的距离跟在后面。她当然也发现了我，证据就是，她不时会回头瞥上一眼。

如果直接去打工的酒吧倒也轻松，但华子频频节外生枝，一路上不是顺道去逛书店，就是在时装店流连，又逛了百货公司的化妆品柜台。每到这个时候，我就得找个方便监视店门口的地方，一直等到她出来。

好不容易到达华子打工的小酒吧，已经接近晚上七点了。我想起昨天的教训，没有进咖啡店，而是在二十米开外的邮局旁边等她。我一边等，一边把她之前的行动记到便笺上，做完笔记后也不敢离开，一直盯着小酒吧的门口。真是无聊死了，脚也隐隐作痛。我很想买本杂志来消磨时间，但万一被华子看到，只会更加麻烦。

我旁边是家药店，店主见我一待好几个小时不走，投来的眼神似乎觉得我很可疑。到了和昨晚差不多的时间，华子终于出来了。我早已筋疲力尽，但还得继续跟踪她。

和昨天一样，我一直跟她到公寓前，等她的房间亮了灯之后，打电话过去。

“喂？”

“是我。”

“什么事？”她的反应和昨晚一样。

这个时候我可不能回答得和昨晚一样，否则就重蹈覆辙了。

“我有事要向你报告。”

“报告？”

“你今天下午五点多离开学校，之后在车站前的书店里买了杂志，又走进时装店，在连衣裙和短裙专柜逛来逛去，最后什么也没买就出来了。还不止这些，我还知道你在百货公司的化妆品柜台买了睫毛膏，看了长筒袜、钱包、皮包，最后终于到了打工的小酒吧。怎样，我说得没错吧？”我边看笔记边说。

“还是不行啊。”华子沉默几秒后叹道，“这种程度根本没什么好惊讶的。昨晚我吃了剩下的外卖比萨，从昨天开始进入了生理期，这些你都没有提到。”

“生理期？”

"这个都没有调查到，我真是无话可说。"

"那种事我怎么可能知道啊，我又不能跟你到洗手间。"

华子听后再度沉默片刻，深深叹了口气。

"你记不记得今天是星期几？"

"嗯，星期二吧。不对，已经过了十二点，现在应该是星期三。"

"星期二呢，"她说，"是回收可燃垃圾的日子，星期二、星期四、星期六都是。星期日则是回收不可燃垃圾的日子。"

"哦？但这和垃圾有什么关系？"

"我都说到这个份上了，你还没反应过来？今天早上我也扔了垃圾出去，只要打开一看就会得到很多信息，像我吃的东西、生理期什么的。"

"什么？"我惊得往后一仰，"你要我去翻腾垃圾袋？"

"不是翻腾，是调查。"

"还不是一回事！一定要做到这个地步吗？"

"调查垃圾是跟踪狂的天职。"华子不容分说地一口断定。

5

次日早晨醒来时，我觉得头沉沉的，应该是有些着凉。拿体温计一量，果然发烧了。看来是因为昨晚蹲点太久，不慎感冒了。我给同事打电话请假，然后吃了药，重又钻进被窝。今天跟踪大业也要暂停一天了。

我一觉睡到傍晚，身体总算舒服了一些，但又开始打喷嚏，鼻涕止不住地流。真是要命啊，我心里嘀咕。就在这时，手机响了。我涌起不妙的预感。

“你今天一天都干吗去了？”不出所料，华子的声音相当恼火。

我向她解释我得了感冒。

“小小感冒算什么？你到底把跟踪狂当成什么了？这可不是闹着玩就能做好的事情。你居然会得上感冒，本身就说明你心情太放松了吧？”华子气势汹汹。

“对不起。”我只得老实道歉。

“真拿你没辙。好吧，今晚你就不用打电话了，但明天可不行。”

“我知道了。今晚好好休息一下，恢复体力，明天起我会继续努力的。”

本以为这样说会讨得她的欢心，没想到又激怒了她。

“说什么梦话？你还有空好好休息？”

“啊？为什么？”

“你忘了昨晚我跟你说过的话了吗？今天是星期三，所以，明天就是星期四了。”

“哦……”

我明白她在说什么了。翻腾垃圾，不对，是调查垃圾。

“我想起来了。那我明天一早就起床，去你那里调查垃圾。”

“你说的一早是什么时候？”

“七八点吧。”

“你觉得这样合适？”

“不行吗？”

“你非要这个时间去也随你，可你一定会后悔的。”

“为什么？”

“因为我想这个时候已经有好几袋垃圾丢出来了。我们这栋公寓住的都是单身女性，很多人前一天晚上就会把垃圾丢出来，你怎么知道那里面哪一袋是我丢的？”

我握着话筒，哑口无言。她说得确实没错。我的心情顿时一片灰暗。

“不过，随你的便了。”她冷冷地说。

结果我还是深夜就出发了。鼻子仍然在痒，为此我往衣兜里塞了好些手纸。

垃圾场在华子公寓的背面，不远处停了一辆轻型货车，看来可以在卡车后面监视动静。我躲在卡车的阴影里，时不时擤一把鼻涕，等着她出现。才十一月，夜晚的冷风却越来越让人觉得已经是冬天了。

华子虽那么说，实际上并没有人冒冒失失地前一天晚上就丢垃圾出来。我抱着膝盖，揉着惺忪睡眼苦苦等待。下次得把收音机或者随身听带过来。

快到早上六点，开始露出曙光时，终于有人提着垃圾袋出现了。是个穿着灰色套装的女人，不是华子。她应该有三十多岁了，身材胖得夸张，脸盘也很大，发型看来是为了掩盖自己的大脸盘，但一点都不适合她。放下垃圾袋后，她朝周围看了一眼就离开了。

第二个出现的是华子。她穿着粉色针织衫，打扮得很了不得。我本来已经迷迷糊糊的睁不开眼，但一看到那醒目的粉色，霎时就清醒过来。

我站起身，确认华子是否已经离开。坐了太长时间，膝盖都僵了。

我走到华子的垃圾袋旁边，一边留心周围的动静，一边打开袋口。才一打开，食物残渣的气味便直冲鼻孔，虽然拜感冒之赐鼻子不灵，我还是差点仰天跌倒。袋子里有看似白兰瓜的皮。

就在这时，公寓里又有人出来。我顾不得扎上袋口，慌忙逃离。

出现的是个二十四五岁的漂亮女子，身材苗条，长发看起来与她非常相称，细长的眼睛也令人印象深刻。她一眼也没看我，放下垃圾袋就离开了。

我松了口气，回到原地，继续察看华子的垃圾袋。除了食物残渣，里面还扔有撕碎的纸片和杂志，一想到要全部调查，我的心情就变得很沉重。

背后有脚步声响起。我吃惊地回头一看，一个年轻男人正走过来。他的眼神十分严肃，我以为他是要来警告我，但他却对我毫不理会，径直来到刚才漂亮女子丢下的垃圾袋前，从口袋里掏出口罩戴上，再套上手术用的薄橡胶手套，手法熟练地打开垃圾袋。

或许是发现我呆呆地盯着他，他也朝我看过来。

“怎么了？”他诧异地问我。

“没什么，请问……你也是跟踪狂吗？”

“对。”他大大方方地点头，“你第一次来？”

“是啊，所以还不知道窍门。”

“一开始谁都是这样的。哟，这是白兰瓜的皮？”他探头瞧了一眼我面前的垃圾袋，露在口罩外的眼睛眯了起来，“味道真冲。还有炖鲫鱼和螃蟹壳。”

“真服了她了。”

“这个借你。”他又从口袋里掏出一副口罩和一双手术用手套，“为防万一，我总是多带一套备用。”

“太谢谢你了，这可帮了我大忙。”

我把这两样宝贝装备到身上，操作总算容易了一些。

他伸手翻了翻面前的垃圾袋，拿出一样东西——一张淡粉色的纸。“这是大吉馒头的衬纸，车站前的和式点心店有卖。她特别喜欢吃这个，虽说我经常提醒她，吃太多了会发胖的。啧，还吃了三个啊？这样下去怎么得了。”

“也不一定都是她一个人吃的吧？”

听我这样说，他摇了摇头。

“她从公司下班回来，在和式点心店买了馒头以后，就一直一个人待着，不会有人来拜访她的。我看多半是昨晚跟闺中密友们煲电话粥，一边讲一边吃了好几个。”

他的语气充满自信，让我由衷佩服。跟踪狂就得做到像他这样吧？

这时，又有一个女人拿着垃圾袋过来。她个子娇小，但相当迷人。我本想逃走，旁边的男人却丝毫不动，仍默默地忙碌着。

女人看起来也不在意我们的存在，砰的一声丢下垃圾袋就走了。紧接着不知从哪里冒出一个男人，向我们打了声招呼。

“早上好。”旁边的男人也回以寒暄，“今天你那边的垃圾好像很少。”

“她回老家了，昨天才回来。”后来的男人回答，“咦，这位是新来的吗？”他看着我问。这个应该也是跟踪狂。

“幸会。”我说。

“幸会幸会。不知你是跟踪哪一户的女人……”

“三〇五室。”我说出华子的房间号。

“哦，那个穿得很时髦的姑娘啊，难怪。”他点了点头表示理解。听他的语气，对这个公寓的情况很熟悉，应该也是个老手了。

说话间，又有一个女人拿着垃圾袋过来。她的态度很生硬，让人忍不住联想到岩石，眼睛和嘴也很像岩石的裂缝，穿的衣服却是少女的风格。她看到我们，似乎想说什么，但终于什么也没说，放下垃圾袋离开了。

“她住四〇二室，”后来的男人嘀咕道，“怎么偏把垃圾放在那里。”

“放在这地方，简直像是故意妨碍我们工作似的。”旁边的男人把岩石女丢下的垃圾袋移开，和最早出现的胖女人的垃圾袋为伍。

之后也不断有住在公寓的女子来扔垃圾，其中好几个垃圾袋有跟踪狂跟进，没人理会的则堆在一边。

我按照两位跟踪狂前辈的指点，调查着华子的垃圾。调查完离开垃圾场之前，我朝跟踪狂们不屑一顾的那座垃圾山看了一眼。

那些垃圾看起来透着莫名的寂寞。

临界家族

1

通往四楼的楼梯是段漫漫长路，爬到三楼后，川岛哲也休息了一会儿。准备下周会议用的资料费了他很多时间，回家时已经很晚了。原先景气好的时候，还可以暗暗庆幸有一笔丰厚的加班费到手，但如今公司对加班时间管理得很严格，不管工作到多晚，也拿不到多少加班费，只落得满身疲惫。虽然如此，总比被裁员好——如此想着，川岛再次爬起楼梯。

推开玄关的门，只见妻子智子正趴在客厅的地板上。

“你这是在干吗？”

“哦，老公你回来啦。”智子瞥了丈夫一眼，伸手拢了拢刘海，继续目不转睛地察看地板。

"爸爸，欢迎回来。"四岁的女儿优美从里间走了出来。

"嗯，爸爸回来了。"川岛朝女儿笑了笑，然后问智子："你在找什么？隐形眼镜又掉了？"

"不，是赫罗凛凛的小球。"

"赫罗凛……你说什么？"

"赫罗凛凛。"优美很开心地接口说，手里摇着玩具。那是个环形的透明管，里面有几个颜色艳丽的小球，她一摇，球就哗啦哗啦响。

"优美！"智子厉声说，"不是叫你放下来吗？要是盖子又掉了怎么办？"

优美嘟起嘴，抱着玩具往后退了几步。

川岛想起来了。赫罗凛凛就是优美正抱在胸前的玩具名字，听说是某个动画角色使用的道具，大约两周前的星期天从百货公司买回来的。

"我明白了，是那里面的小球跑出来了？"

"是啊，好像是玩的时候把盖子打开了。"

"人家想把小球拿出来玩嘛。"

"我不是跟你说了，要一个一个小心拿出来吗？"智子的声音透着怒气。

"她一股脑儿都倒出来了？"川岛一问，智子心烦意乱地点了点头。

"滚得满屋子都是，害我花了好大的工夫去捡。"她看了眼时钟，愈发愁眉苦脸，"已经找了一个多小时了。"

"找不到吗？"

“还差最后一个，我正在这边找。”

“哦。”川岛觉得与己无干，径直推门想进卧室，但妻子冲着他的背影开口了。

“喂，你也来找找。”

“我？饶了我吧，我已经很累了。”

“我也很累了好不好。我想球可能在冰箱底下，你帮我把冰箱搬开一点。”

“冰箱一个人哪里搬得动？”川岛瞪大了眼睛。

“没问题的，冰箱带有轮脚，只要稍微倾斜一下就可以移动了。”

“今天就算了吧，明天再说。我饿了。”川岛摘下领带。

智子看着优美问：“明天再找可以吗？”

“不行不行不行！”优美猛烈摇头，“明天我要和圆香她们玩，怎么能没有赫罗凛凛？”

“你不是有吗？”

“可是赫罗凛球少了一个。”

赫罗凛球就是里面小球的名字。

“那有什么关系，只少一个而已，你将就一下吧。”

“不要不要，我不要……”优美哭起来了。

川岛气馁了，他把领带和公事包搁在椅子上，走到冰箱旁。

之后约一个小时，他四处寻找赫罗凛球，可那最后一个小球哪里都找不到，冰箱底下也没有。

带着满身的疲倦，川岛坐下吃了迟来的晚餐，炸鸡已经凉了。智子正在打电话，优美不知何时已睡着了。

智子打完电话，坐到川岛对面，表情柔和了一些。

“我问过柳原先生了，赫罗凛球有备用品卖。”

柳原就是刚才优美所说的圆香的父亲，和川岛家住同一个小区。

“果然，想必很多孩子都把球玩没了。”

“太好了，这下优美总算不用哭了。明天你带她去买吧。”

“难得一个星期六，又要往玩具柜台跑？那儿我都已经跑烦了。”

“买完球马上回来不就得了？”

“但愿有这么顺利。但备用品恐怕不会论个卖吧？应该是十个、二十个一包地卖。”

“那我就不清楚了……”

“嘁，真不划算。”川岛放下筷子，拿起优美丢在桌上的赫罗凛凛。这玩具的握手处有许多花哨的装饰，一按开关便闪闪发光，他不禁有点在意，给幼儿园的小孩玩这种玩具，未免也太豪华了。

其中一个装饰其实是盖子，打开就可以拿出里面的球。

“你小心点，要是再撒出来，又要少掉几个了。”

“我知道。哟，这个的大小刚好和玻璃球差不多。”川岛拿出里面的小球，放在掌心旋转，“对了，干脆用玻璃球代替算了，反正这玩意儿说白了也就是个玻璃球。”

“不行。”

“为什么？”

“赫罗凛球只有红、绿、黄、橙四种颜色，要是把其他颜色的玻璃球放进去，优美一定气得发疯。”

“小孩子连这种细枝末节都要计较？”

“说什么傻话，就因为是小孩子才会计较啊。你要不信，自己去看看优美她们玩游戏的情形好了。”

“我知道啦。我去买赫罗凛球，行了吧。”川岛放下赫罗凛凛，再度动起筷子。

2

次日早晨，川岛被电视的声音吵醒了，旁边的智子还在被子里呼呼大睡。“喂，怎么有电视声音？”川岛摇着智子问。

智子皱起眉头，微微睁开眼睛。

“电视？哦，是优美在看吧。现在正在放《超级公主小西》。”

“超级公主？哦，就是有赫罗凛凛出场的那部动画啊。是周六早上播放？”

“你也太后知后觉了。每周一到这个时间，优美就巴在电视前面，只不过你每次都在睡觉才会不知道。”

“是吗？”

川岛窸窸窣窣地从床上爬起，走出卧室。电视就放在隔壁的客厅，正如智子所说，优美坐在电视前，手里拿着那个赫罗凛凛，眼神专注地紧盯着画面。

电视画面上，大眼睛的女主角正和看似反派的奇异怪物们战斗，女主角粉红得耀眼的衣服随风飘扬，手里握着赫罗凛凛。

“赫罗凛凛！”女主角大喊一声，用力一挥，赫罗凛凛顿时发出红红绿绿的光芒，反派们见状仓皇逃跑，优美也高兴地摇着手上的玩具。

有一只怪物却没逃，看样子是个大头目，它叫嚣着“本大爷才不吃这一套”朝女主角猛扑过去。女主角并没有胆怯，而是喝了一声“那就尝尝这个”，祭出一件类似棒子的法宝，棒子的两端闪闪发光。

“番婆罗棒！”优美大喊。

女主角棒子挥处，发出更加强劲的光芒，怪物眨眼间就熔化了。女主角摆了个造型，意气风发地离开了。

故事真无聊，川岛暗忖。女儿却看得如痴如醉，还唱着片尾曲。

动画过后，播出了一条让川岛心烦的广告。一个女孩打扮成刚才动画里女主角的模样，手握和女主角同样的武器激烈战斗，其中一样是优美拥有的赫罗凛凛，另一样就是动画最后出现的番婆罗棒。

“新兵器番婆罗棒最新面世，您也可以完美地化身为‘超级公主小茜’了！”

又推出无聊的商品了啊，川岛满心苦涩地看着广告。也不知优美明不明白他的心境，径自小声念叨着：“好想要哦。”川岛装作没听见，站起身来。

下午，一家三口一齐出门，目的地不用说，自然是百货公司的玩具柜台。

走到小区出口，正碰见柳原夫妇和他们的独生女圆香，他们看来是刚从超市回来，夫妇俩各拎着两个白色的袋子。

“哟，你好！”“你好！”双方不约而同地互打招呼。两家是通过女儿认识的，也可以说，柳原家是川岛家在这个小区最重要的人际关系。

“你们要去百货公司购物？真好啊。”柳原太太交替看着优美和智子说，“去买那个备用品？”

“是啊。”智子笑容可掬地说。

“真是吃不消。”川岛看着柳原苦笑，“不过一个玩具罢了，却把大人折腾得团团转。”

“可是对孩子们来说很重要呐。”柳原温和地说。他的性格似乎很稳重，川岛常在车站碰到他。

川岛无意间看了一眼圆香，顿时吃了一惊，她手上拿着一个很眼熟的东西。川岛心想，糟了，得早点离开这里——

“哇，番婆罗棒！”事与愿违，优美已经发现了。没错，圆香拿的正是刚才在电视里看到的新兵器“番婆罗棒”。

“前几天刚买的。”圆香天真烂漫地说，“你也买一个吧。”

川岛忽然很想一拳打到她嘴巴里。

“好了，我们走吧，再不走该迟了。”川岛拉起优美的手，迈出脚步。

3

由于不景气已持续很久，即使是周六的下午，百货公司里也没什么人。看到男士正装柜台冷冷清清，川岛不无心酸地想，削减家用的首要目标就是父亲的置装费。

相形之下，儿童服装柜台则很热闹，玩具柜台更是生意兴隆，不单有父母带着孩子光顾，还有不少年轻夫妇。

优美走路走累了，一直缠着要抱，但一到玩具柜台，她马上精神起来，二话不说就自行跑到展示玩具的地方。

川岛心想，在这种地方乱晃，天知道优美又会闹着要买什么。智子看来也是一个心思，急着去找店员买赫罗凛球的备用品。

但和店员交谈了几句后，她一脸困惑地回来了："店员说没有这个货。"

"没有？卖完了？"

"他说不是，是原本就没有这种商品。"

"怎么可能，柳原明明说有。"

"是啊，会不会是柳原弄错了？"

"好，我去问问。"

川岛走到那个男店员旁边，是个戴眼镜的小个子。

川岛又问了一遍。

"这个，确实没有赫罗凛球的备用品出售。"店员战战兢兢地回答。

"不可能，我听朋友说有卖的。"

"我想他说的应该是超级公主宝石箱。"

"宝石箱？那种东西我不想要，我只想要赫罗凛球。"

"明白了，请稍等。"说完，店员转身不知去了哪里，约莫一分钟后回来了。"这就是超级公主宝石箱。"

店员拿出一个花里胡哨、看起来很廉价的小箱，川岛问他拿这个来做什么，店员便打开盖子展示。川岛顿时又惊又喜，里面放的正是那个玻璃球——赫罗凛球。

“就是这个，我就是想要这个。把这个球卖给我吧。”

“对不起，不可以。”店员啪嗒一声合上盖子。

“为什么？我只想买里面的小球，不要外面怪里怪气的箱子。”

“小球是宝石箱的赠品，不单卖……”

“可……”

“老公！”智子拉拉川岛的衣袖，“周围的人都在看着呢，算了，就把宝石箱买了吧。”

川岛还想再说，但四下一望，周围的顾客果真在看着他们窃笑，川岛咂了咂嘴，问店员：“多少钱？”

“两千三百元。”

川岛瞪大了眼睛：“买一个玻璃球要两千三百元？”

智子再次扯扯他的衣服，他只得悻悻地拿出钱包。

店员包装商品时，川岛环顾柜台，看到优美正在超级公主小茜的柜台转悠。他暗想，还是少看为妙。

川岛正望着商品，目光忽然停住了，双目圆睁。

“喂，那是什么？”

他指的那个柜台陈列着比较大的箱子，箱子有一部分是透明的，可以看到里面，毫无疑问，一定是超级公主的角色服装，和今天早上电视里看到的动画女主角的衣着一模一样。

“是角色服装吧？”智子不假思索地回答，看来她早已发现了。

“连那种玩意儿都卖？”

“鞋应该是单卖的，假发也是。”

“你是说那种演戏用的假发？”

“没错。”

“还真敢想。恐怕没人买吧？”

“那你就想错了。有没有销路关键要看小孩子，听说小孩都很想要呢，因为要把角色服装、饰品全部穿戴起来，才算是像模像样的角色扮演游戏。”

真是够了，川岛摇了摇头。他的头开始隐隐作痛。

“这种行销手法实在太过火了，他们的计谋就是利用动画的人气，接二连三地推出孩子想要的商品。卖方倒是称心如意了，被迫购买的顾客怎么承受得了？我们小时候也有电视节目主角的延伸商品，但哪有这么夸张。”

“和我们那时的概念完全不一样。”

“概念？”

“我是说角色商品这个概念。其实，这里的这些商品并不是借动画的东风制造出来的，而是和动画同时开发。”

“什么意思？”

“比方说，你们男人小时候说到角色商品，就是假面骑士的腰带之类对不对？”

“是啊，骑士腰带，可我没买过。”

“但那些商品和动画里的原型总有点差异吧？比如在精细工艺上偷工减料什么的。”

“那肯定。如果完全忠实于原型来制造，成本势必会很高。”

“女孩子的玩具也一样，动画女主角佩戴的饰物上镶满了宝石，但做成玩具后，要么宝石的数量少得可怜，要么干脆就贴张镶嵌着宝石的照片充数。”

“没错，像机械复杂的开关，做成玩具后就只会画上一个开关的图案而已。”

“如今的小孩可不接受这种糊弄。虽不至于要玩具真的发出激光，但外形一定要完全相同才满意。我想你看过今天早上的动画就会明白，优美拿的赫罗凛凛和女主角拿的一模一样吧？”

“确实。”

“我就说吧，现在就得这样才行。所以先出动画，再利用动画来制造玩具的想法是行不通的，给动画主角设计小道具的前提就是，能够作为玩具商品化。反过来说，一个动画角色如果不能推出角色商品，也就没有存在的价值。”

“原来是这样。”川岛佩服地看着妻子的侧脸，“既然都知道得这么清楚了，为什么大家还是被玩具公司的阴谋耍得团团转呢？”

“这是越陷越深、无法自拔的陷阱啊，就算心知肚明也没法摆脱。”智子冷冰冰地说。

4

优美不肯爽快地离开玩具柜台，这多少也在川岛预料之中。她盯着那个番婆罗棒，不停地念叨着想买。

川岛斩钉截铁地说，绝对不买。他本就认为对小孩子有求必应不好，听智子说了玩具厂商和动画公司的阴谋后，更是感到不舒服。

“不是刚买了赫罗凛凛吗？今天来就是为了买里面的小球，你死心吧。”

女儿开始哭鼻子，川岛硬拉起她的手，离开了玩具柜台。

当时他确信自己做得很对，觉得自己充满魄力，和那些对孩子百依百顺的父母完全不是一个等级。

然而——

次日傍晚，优美哭丧着脸回来了，随即躲到客厅一角哭了好半天。她之前应该是在和圆香等人一起玩耍，为此还特意带去了刚补充好新球的赫罗凛凛。

晚饭时优美还在闹别扭，不知为什么，她正眼也不看父亲。

等她睡着后，川岛才得知原因。看到川岛一边看体育报纸一边喝啤酒，智子悄声说起缘由，优美似乎是因为没有番婆罗棒，没法和大家开心地玩游戏。

“怎么，没有那玩意儿就会被朋友排斥？”

“听她说也不是被排斥，而是扮不了超级公主。”

“扮不了？”

“就是学不了动画主角的动作啊。超级公主一定要同时拿着赫罗凛凛和番婆罗棒，要是只有赫罗凛凛，就只能当亲卫队——公主的侍女了。好像昨天的动画就是这样演的。”

智子嘴里不断冒出听不懂的片假名，川岛有点糊涂了。

“总之就是优美只能当亲卫队？”

“是啊。”

“那有什么不好？”

“可是，别的孩子全都当超级公主呀。”

“什么？难道可以同时有一大堆主角？”

“听说不成问题，那些孩子自有一套游戏规则。”

“真稀奇。”

孩子的世界实在难以理解。川岛摇摇头，喝着啤酒。

“老公，优美也挺可怜的，就给她买了吧？”智子抬眼望着他。

“你是说那个什么棒？”

“番婆罗棒。”

“不行，不行。”川岛摇手，“马上就投降，她就会没有耐性了，多少得让她学会忍耐。再说，也用不着什么都向别人看齐。”

喝完啤酒，他说了声“我去睡了”，站起身来。

然而，两周后的星期六，川岛一家又出现在百货公司的玩具柜台，来买番婆罗棒。这两周优美完全不和川岛说话，川岛再心如铁石，还是招架不住，总之终究拗不过她。

“你听好，这是最后一个，以后绝对不再买了。”

“这话你别跟我说。”

“像你这么惯着她可不成。”

“什么话！一被优美讨厌就败下阵来的是你自己吧。”

等候店员包装番婆罗棒的当儿，夫妻俩小声争吵着，同时也不忘看着优美。她还是老样子，一直泡在超级公主的角色商品柜台。那部动画快点放完拉倒吧，川岛暗想。

“跟你说件不太妙的事。”智子压低声音说。

“什么？”川岛有种不祥的预感。

“听说柳原买了那套角色服装。”

“啊？难道……”川岛看了一眼优美正盯着的显眼大箱子，“就是那个超级公主的？”

“是啊，据说鞋子和假发也都买了。优美很羡慕地说，现在圆香可以完美地扮演动画女主角了。”

“那又怎样？打扮成那副样子的也就圆香一个吧？”

“留美和真理子也都说要买，这样，又只有我们家优美给比下去了。”

“不买！”川岛坚决地说，“开什么玩笑，哪有闲钱买那种货色？我自己好几年都没添置一套西装了，为什么反倒要买那种奇装异服？我绝对不答应！”

“知道啦，别那么大声吼，丢不丢人啊。”

不买不买，川岛小声重复着。他心里又响起智子说过的话——“越陷越深、无法自拔的陷阱。”

5

玩具厂商“TAKORA”的新品开发室。

例会开始了。常务董事、开发室室长、开发室职员共计二十人入座，首先起立报告的是开发室职员A。

“下一部动画的概要已经大致决定，特此报告如下。动画名字是‘可爱魔神·久瑠美’，角色造型是这样。”

职员A举起一块画板，上面画着一个全身黑衣的美少女，头上顶着两只角，屁股上长着尾巴，背上有一对蝙蝠的翅膀。

“黑色的？”常务董事皱起眉头，“这个颜色适合孩子吗？”

“董事先生，最近孩子的着装品位相当接近大人了，而近来成年女性的必备品就是一件黑色衣服，我们开发室全员一致认为，女孩子应该会喜欢黑色的角色服装。”开发室室长的语气在谦恭中透着自信，“而且以黑色为基调，我们还可以推出颜色罕见的角色商品。”

“哦？比方说？”

“首先，女主角最初使用的武器是可爱棒。”职员 A 拿出一张插画，“我们准备设计成金色的，就是这样。”

插画里的可爱棒棒身是一条透明的管子，里面有几个金色的小球，两端附有略显圆润的心形装饰。

“哦，和赫罗凛凛一样，里面放有小球。”常务董事点头，“小球可以拿出来吧？”

“当然可以。”职员 A 回答，“而且和赫罗凛凛相比，里面的球设计得更小一些。”

“为什么？”

“赫罗凛凛的小球和玻璃球差不多大小，一旦小球弄丢了，不少人干脆就用玻璃球代替。我们把小球设计得小一圈，为的就是防止这种情况。补充说一句，如果设计得再小一点，恐怕往后就会有人用弹子球来代替了。我们也曾考虑过做得比玻璃球更大，但那样滚到冰箱底下找不到的情况就会相应减少，因此现在这个大小最为合适。”

“备用的小球也是单独出售？”

“当然。”

“这次准备采取什么形式？也是装进宝石箱里推出吗？”

“计划是这样。但这次采取了可爱饰品套装的形式，还附送手镯、耳环，所以单价应该不菲。其中项链的串珠和可爱棒里的小球可以通用。”

“明白了。”常务董事表示认可，“不过那可爱棒的两端形状奇怪。既然是可爱魔神，那就是恶魔吧？作为恶魔的武器，棒端做成枪尖形状不是更好吗？”

“从动画设计来看，那样的确更好，但考虑到玩具化后，尖锐的棒端会带来危险，所以就设计成现在这个形状了。”

“哦，原来是为了避免孩子受伤。”常务董事信服地说。

之后依次进行各种新品的相关报告，最后是现状报告。

开发室职员柳原站起身。

“关于超级公主小茜，目前销售情况良好，依然保持畅销态势。在此我要特别报告，S 地区的临界点 K 先生家终于购入了全套角色服装。”

话音刚落，众人一阵欢呼。

“嘿，终于连 K 先生也买了！”

“成功了！”

“真有种大功告成的感觉。”

众人恢复平静后，柳原继续报告。

“这就意味着，喜欢超级公主的女孩子几乎全都买了角色服装。因此本周末女主角可以再换新装了。”

周日的川岛家。

“怎么搞的！为什么我们前脚买回来，后脚女主角的服装就换了？”

川岛两手抓着电视机猛晃。优美在他旁边放声大哭，她穿的衣服和上周的女主角一模一样，还是崭新的。

不笑的人

1

站在那家宾馆前，拓也霎时说不出话来，只顾仰望着高耸的建筑。同伴慎吾也一样，在旁边看得目瞪口呆。

“喂，你们两个愣什么？快进去！”经纪人箱井以命令的语气说。

“请问，箱井先生，我们是在这里住宿吗？”拓也指着宾馆的正门说。那里有个身穿制服的侍应生在迎候来宾，他们从没住过有像样侍应生的宾馆。

“对，你们今晚就住在这里。”

“啊——”慎吾一脸又惊又喜的神情，“太好了！这么棒的宾馆，我连进都没进去过。今晚真的可以住在这里？”

“没错。听说是演出主办方出了差错，预订了最高级的宾馆，发现后急忙想更换，偏偏今晚到处都客满，只好将错就错了。”

“哇，真走运！”慎吾打了个响指。

箱井撇了撇嘴。

“这也值得高兴？要是你们的技艺稍微拿得出手一点，对方从一开始就不会想要换地方。这会儿那个出错的责任人想必正在挨骂，居然昏了头给你们这种三流艺人安排高级宾馆。”

被箱井一顿数落，两人无话可答，默默地低着头。

走进宾馆，拓也打量着四周，禁不住叹息。竟然有人平时就住在这么富丽堂皇的地方，他真心感到佩服。宾馆大堂面积大得打场业余棒球比赛也绰绰有余。大堂里设有开放式休息室和餐厅，地板擦得光亮如镜，让人担心走得太急会滑倒。天花板上垂着豪华的枝形吊灯，门廊处陈设着看似社长专用的气派椅子，墙壁、扶手、柱子乃至柱旁放置的烟灰碟都熠熠生辉。

这完全是另一个世界，拓也心想。词汇贫乏的慎吾则一直嚷着“好棒好棒”。

箱井从总服务台办完入住手续回来，递给他们一个信封。

“你们住一五一三室。这是晚餐和明天早餐的联票券。”

“您不在这儿住吗？”

“我住别的地方，这种高级宾馆还是专门招待大明星为好。”箱井话里带着尖刻的讽刺，“明天中午十一点我来接你们，别迟了。”

不等两人点头答应，箱井早已倏地转身，走向出口。

“房间钥匙呢？”慎吾问。

“他没给我们。”

“什么？”慎吾惊得往后一仰。这时一个身穿制服、个子高挑的侍应生走了过来。

“如果您的手续已经办好，请容我为两位带路。”

拓也眨着眼睛望着他，但他似乎无意多做解释。他的手里握着一把房间钥匙。

“噢，那就麻烦你了。”

“我来帮您提行李。”说着，侍应生提起搁在拓也脚边的脏兮兮的运动包，又朝慎吾的帆布背包望去，“这件我也帮您拿吧。”

“啊，不用了，我自己来就好。”

“哦。”侍应生点点头，说声“请往这边”，迈出脚步。

两人跟着侍应生前往客房，拓也边走边打量侍应生身上折痕分明的制服，看来刚熨过，整洁得体，做工也很精良。比我们穿的考究多了，他暗想。

到了房间，拓也不禁又瞪大眼睛。这是个双人间，有两张床理所当然，但竟连会客用的茶几沙发也都配备得相当齐全。

侍应生说明了紧急出口等事项后，留下一句“有事请打电话”便离开了。自始至终，他的表情丝毫不变，有如戴了张铁面具。

“哇，太棒了！”慎吾盯着迷你吧台上陈列的酒瓶，“连白兰地都有，可以敞开喝了。”

“笨蛋，喝了多少过后要结算的，到时肯定被箱井先生臭骂一顿。”

“啊？那不是只能干看着了？”

“且不说这个，我饿了，去吃晚饭吧。”拓也打开刚才箱井给他的信封，一张纸条随联票券一起掉了出来。“嗯？这是什么？”

纸条上写着：

如果明天演出反应冷淡就炒你们鱿鱼。好好享受最后一夜吧。

“糟了，你看这个！”

“怎么啦，一惊一乍的。”慎吾还不舍得把目光从洋酒瓶上移开，但看到便条后，顿时瞪大眼睛，“呀，惨了！”

“惨了惨了，怎么办啊！”拓也抱头倒在床上。

2

拓也和慎吾是搞笑艺人，主要表演滑稽小品和相声。两人中学时代是同学，一唱一和起来，人人都说很有趣，他们因此满怀自信地进入了培养出众多搞笑明星的花木专业培训学校。

五年过去了，两人本以为世上不会有人比自己更有搞笑才能，如今这份自信早已消失。同届的同学中已经有人在电视台拥有固定节目，而他们至今只能在超市的开张庆祝或节日的余兴节目上献艺。到现在还没被公司炒掉，只是因为两人的外在条件还算优秀。就连拓也、慎吾这两个艺名，也是取自某偶像团体，他们的本名义昭和安雄太不起眼了。

这次两人应邀来为一个地方城市举办的拉面节助兴，但其实是原先邀请的演员得了阑尾炎来不了，才找他们救场。工作时间是今明两天。

“今天我们的表演果然很失败啊。”慎吾抓着头说。

“那个样子好像过不了关。”

“确实，完全不受欢迎。”

“岂止不受欢迎，与其说是搞笑表演，倒不如说像催眠术讲座，一半以上的观众都睡着了。”

慎吾哈哈笑起来：“那也不错呀，可以当段子讲了。”

“别开玩笑了！我们已经到了生死关头。”拓也扬了扬箱井留下的便条。

“可观众不笑也没法子。”

“那怎么行，明天演出之前一定要想个办法出来。”

“先填饱肚子再想办法吧，饥肠辘辘的什么也想不出。”

晚餐在一楼的餐厅供应，两人正要搭电梯下去，那个好似戴了铁面具的侍应生也进来了，看来他负责这一层的客房服务。他向两人点头招呼，随即转向电梯的操作板。

到达一楼后，拓也和慎吾走出电梯，这时侍应生忽然开口了。“先生！”他伸手示意慎吾的牛仔裤前方，说道，“您的衣服……”

慎吾低头一看，只见裤子的拉链没拉上，露出图案花哨的紧身内裤。

“糟糕！”慎吾慌忙拉上拉链，手指却被夹住了，“好痛！”

侍应生依然面无表情，再次低头致意后便离开了。

“哎呀，好险！”走进餐厅后，慎吾小声说道，“幸亏没跟其他人照面。”

“可那个铁面侍应生居然一点都没窃笑。”

“可能他接受过相应的训练吧。如果嗤笑客人的失态，对方会很难堪的。”

“就算这样，要忍住笑也很不容易。”拓也想起刚才侍应生的表情，说声“这样好了”，竖起食指：“我们今晚来设法把那个侍应生逗笑。”

“咦，为什么？”

“当然是为了磨炼演技。要是连他都有本事逗笑，让会场的观众爆笑也就不在话下了。”

“可该怎样做呢？”

“我正在琢磨，期限是明天结账之前。”

“倘若办不到，我们也就完了。”拓也又加了一句。

3

电梯门开了，铁面人走了出来。

“对不起，一不小心就……”拓也道歉。

“一五一三室，对吧？”侍应生快步前行。

两人的房间前放着一盆大型赏叶植物，是他们从电梯那里搬过来的。盆栽对面站着慎吾。

他一丝不挂，两腿之间用叶子遮掩。

但侍应生看到后，表情丝毫不变，问道：“您不冷吗？”

“我想冲个澡，刚把衣服脱掉，”慎吾说，“他忽然从外面叫我，我急急忙忙跑出去，结果门反锁上了。”

“这也是常有的事。”说着，侍应生拿出万能钥匙，轻松把锁打开，推开门，说了声“请进”。他完全没有笑。

“唔……”慎吾有些不知所措，摘下一片盆栽的叶子挡在两腿之间。他本来是刻意让那话儿一目了然的。

“先生，”侍应生摘下另一片叶子，“这片或许更合适。”

这片稍大一些。

“哦，好的。”慎吾苦着脸接过。

一走进房间，拓也立刻透过门镜朝外张望，心想侍应生说不定会躲到没人的地方偷笑，然而他却在默默地把盆栽搬回原处。

“太失败了。”拓也说。

“连一丝苦笑都没有，还轻描淡写地回应说‘常有的事’。”

“是啊，他也未免太正经了。”拓也重又躺到床上，“光溜溜地把自己反锁在门外，这种事会很常见吗？”

“别再提了。唉，只落得丢人现眼。”慎吾穿上衣服，打开电视。

“现在不是看电视的时候吧！”

“看看在放什么节目而已。”慎吾拿起节目表，坐到椅子上，才扫了一眼，绷紧的脸便放松了，“嘿，想不到这么高雅的宾馆也提供成人录像。”

“不会吧？”

“是真的，你瞧。”

拓也一看节目表，付费频道里的确有那种节目播放。

“别看客人个个装得像正人君子，果然还是好这一口。”慎吾笑嘻嘻地说。

“大概宾馆也摸透了客人的色心……等等，”拓也坐起身，“好，这次就用这一招！”

“您好，这里是服务台。”传来一个一本正经的声音。

“你好，我们这里的电视有点问题。”

“是吗？请问是什么情况？”

“没有图像。很奇怪啊，我们看的是付费频道。”

“明白了，我们马上派人过去看看。”

一两分钟后，敲门声响起。打开门，铁面人站在那里。

“真是麻烦你了。”拓也说。

“不客气。听说是电视机有问题？”

“是的。”

侍应生走近窗边的电视，电视画面一片蓝色，什么图像也没有。“的确不太正常。”侍应生边说边探头察看电视后面，随即松了口气似的喃喃说道：“哦，是这样。”

实际上不过是付费频道的接收机没有接到电视机上而已。这当然是拓也他们干的好事。

侍应生把手伸到电视机后，接上电线。

屏幕上立刻出现赤裸交欢的男女特写，音箱里传出喘息声。

拓也盯着侍应生，心想他表情总该有点变化了吧。

但侍应生依然顶着张面具脸凝视画面，那眼神不是在留意内容，而是确认播放情况是否正常，对女人身体根本视而不见。他抬头望向两人。

“这样可以了吗？”声音和语气都毫无变化。

“哎？啊，哦……”慎吾呆呆伫立。

“怪了，”拓也看着屏幕说，“画面不是很清楚。”

“是吗？”侍应生望向屏幕，脸上的表情分明在说“不可能”。

屏幕上的女人正埋首于男人股间，拓也指着她的嘴唇说：“你看，模模糊糊的看不到。”

那里打上了马赛克，要是看得到才怪。这么一说他大概会失笑吧，拓也满心期待。

“先生，”侍应生的声音却很冷静，“根据我国法律，过于露骨的性描写是禁止影像化的，对这部分内容会进行某种处理，使观众无法看到。这种模糊不清的情况就是处理方式之一。很遗憾，无法看得更清楚了。”

“哦……看不到呀。”拓也喃喃道。

“真是对不起。”侍应生鞠了一躬，似乎打心底觉得过意不去。

拓也和慎吾面面相觑。事到如今已无计可施。

“那个，”侍应生抬起头，“由于我刚才所说的原因，这种情况并不是故障，希望您能理解。”

“好的。”拓也点头，“辛苦了。”

“给您添麻烦了。如果还有什么问题，请尽管吩咐。”侍应生面带歉意离开了房间。两人呆呆地目送着他的背影。

4

“总之，荤段子看来不管用。”拓也得出结论，“这种宾馆想必有很多男女来共度良宵，那些侍应生对与下半身有关的问题已经见怪不怪了。”

“真想当这儿的侍应生啊。”慎吾说，语气不全是开玩笑。

“既然性欲相关的招数不灵，食欲如何？”拓也伸手拿起桌上的送餐服务菜单。

“怎么做？”

“你看着好了。”拓也拿起电话话筒，按下号码。

“您好，这里是送餐服务。”

“喂，我要咖喱饭、咖啡和米饭各一份。”

“好的。咖喱饭、咖啡和米饭各一份，是吧，谢谢惠顾，马上给您送去。”

“谢谢。”拓也挂了电话。

“你这点菜方式真怪，米饭不是多余的吗？”刚说完，慎吾一拍手，“啊，原来如此，用一份咖喱拌两份米饭，你真聪明。”

“都到这个地步了，我哪还会有心思打那种算盘。听好了，照我说的去做。”拓也给出指示。

“什么？得做那种事？”慎吾苦着脸说。

“为了让他发笑，你就忍耐一下吧。”

他正说着，敲门声响起。“久等了。”铁面人端着搁有餐具的托盘出现了，“请问放在哪里？”

“放到餐桌上。”

慎吾已经在餐桌旁就座，一副等着大快朵颐的架势。侍应生将食物逐一放到他面前，与此同时，拓也在记账单上签字。

“哎呀！”慎吾忽然大叫一声，“这和我点的不一样。”

侍应生的脸色顿时变得严峻：“是吗？”

“对，这不是我要的东西。”

拓也扫了眼食物，啧了一声：“确实，他说得没错，果然不对。”

“我看看，”侍应生对着记账单一一确认，“咖喱饭、咖啡，还有米饭……是吧？”

“不，不对。”

“哪里不对呢？”

“这种一样一样分开的东西我不想吃！”慎吾像个撒娇的小孩般跺着脚。

“别生气，这样好了。”拓也把一壶咖啡全倒在米饭上，白米饭立刻被染成茶色。

慎吾用叉子捞起拌了咖啡的米饭，刚一入口，立刻两眼放光。

“啊，这正是我想要的味道！”他狼吞虎咽地吃起来，“咖啡饭最美味了！”他高高举起叉子。

“咖啡饭？”连铁面人也困惑地直眨眼睛。

“是啊，我要的是咖喱饭和咖啡饭各一份。”拓也竖起两个指头。

这下他应该会发笑吧。

然而侍应生并没有笑，只是默默地看着慎吾吃饭的样子，随即点头致意，离开了房间。

两个人对着紧闭的房门盯了好一会儿。

“没用，”慎吾丢掉叉子，“完全没用。他根本一点都没笑，只是吃了一惊，觉得怪怪的。”

“本来还以为十拿九稳呢。”

“这么难吃的东西我都吃了，就落得这反应？啊啊啊，真恶心。”慎吾喝着水。

“他的教养也好得有点过头了吧？”

“谁知道，我是彻底被打败了。”

慎吾正说着，敲门声又响了。拓也开门一看，铁面人站在外面。

“我想用叉子吃咖啡饭可能不太方便。”侍应生递过一支擦得锃亮的汤匙。

5

敲门声响起。门外站着铁面人。

“睡衣有问题，是吗？”他彬彬有礼地说。

“嗯，尺寸好像不对劲。”拓也回过头去。

“我看不是尺寸，是样子不对劲。”

慎吾穿着睡衣出现了。看到他那副模样，任谁都会觉得怪异，他把睡衣上下反过来披在身上，也就是说，衣领套在腹部，应该穿在身上的部分则裹着脖子。不光如此，腰带还像领带一样系在脖子上。

侍应生目不转睛地盯着慎吾。

马上就会扑哧一笑吧，拓也期待着。

“失礼了。”侍应生却一脸认真地低头道歉，“由于我们的失误，给您准备了这种不良品，十分抱歉。我这就为您更换。”说着，他展开带来的睡衣。“可否把那件脱下，换上这件？”

“哦，好。”目瞪口呆的慎吾开始慢吞吞脱下反穿的睡衣，然后接过侍应生展开的睡衣。

“这件您觉得如何？”

系紧腰带后，侍应生问道。

“呃……不错。”慎吾说。

“给您带来如此大的麻烦，真是对不起。如果还有什么问题，请立刻吩咐。”侍应生拿起慎吾脱下的睡衣，毕恭毕敬地鞠了一躬离开了。

拓也和慎吾面面相觑，双双不由自主地跌坐在地。

敲门声响起，照例又是铁面人出现了。

“听说您有为难的事情需要帮忙。”

“是的。老实说，我朋友要听着摇篮曲才能睡着，今晚特别决定由我献唱，但朋友说怎么也睡不好。我想请你帮我研究研究，是不是哪里唱得不对。”

“哦。”侍应生的表情颇为困惑，“但愿我能知道。”

“先听听？”

“好的，您请唱。”

拓也做了个深呼吸，唱了起来。被子里的慎吾登时难受得直扭动。

拓也虽然表演不大受欢迎，但唯独有一样法宝，自信绝对能令人失笑，那就是唱歌。他从小就是个绝顶音痴，明明正经八百地歌唱，别人却不这么觉得。迄今为止，没有一个人听到他的歌能不笑出来。

不，有的。

侍应生从头听到尾，连眉毛也没动一根，非但如此，他还鼓起掌来。

“我觉得您唱得很好。”他开口便是这句，“该说是前卫还是怎样，总之，唱法极有个性。”

听了歌不仅没笑，还冒出赞美的话，拓也不知所措了。

“不过，若从催眠效果来考量，或许稍稍另类了些，刺激性太强。”侍应生挺直身体，“请跟着我唱唱看。啊——啊——啊——”漂亮的男中音响了起来。

“啊啊……啊啊啊……啊——”

“肩膀过于用力了，请全身放松。啊——啊——啊——”

“啊啊啊……啊啊啊……啊——”

“好些了，再来一次。啊——啊——啊——”

“啊啊……啊——啊啊——”

教学一直持续到黎明。

6

“我还是回老家吧。”吃早饭时，慎吾叹道，“都做到那份儿上了，也没法让一个侍应生笑出来，果然是没有才能呐。”

拓也没答话，默默地往嘴里送早上的套餐。

他不说话是因为喉咙疼痛，课上了整夜，唱得喉咙都肿了。幸亏没人投诉，他暗想。不知幸或不幸，隔壁房间似乎没人住。

拓也也在考虑放弃当搞笑艺人。自己实际上并不是多么有趣的人，对此他已经有了痛苦的自觉。

两人离开餐厅，走向门廊时，那个侍应生走过来了。他好像对两人印象很深，一看到他们便停下脚步。

“两位今天动身吗？”

“是的。”拓也答道。

“招待不周之处，还请见谅。”他深深鞠了个躬。

行礼就算了，我希望的是你笑起来啊。拓也心想。

“我才应该道歉，这次多承你关照了。”

拓也正说着，慎吾忽然把手伸进帆布背包，拿出一样东西。

“宾馆很好，余甚满意。”他把那东西戴在头上，那是昨天表演滑稽小品时用的贵人的假发。

慎吾或许是想最后一搏，但这煞费苦心的杀手锏看来也白费了。

二人间弥漫着空虚的沉默，侍应生神色不动，盯着戴了假发髻的慎吾。

“是这样啊，”侍应生开口了，“您从事这种工作？”

“嗯，算是吧。”慎吾恢复了原来的表情，摘下假发。

“想必很有难度？”

“是啊。”拓也回答，现在他由衷地这么觉得。

“果然得有一双巧手才能胜任吧？”

“那倒也不一定……”

“但不是要一根一根地缝上头发吗？”

“啊？”拓也瞪着侍应生宛如戴了铁面具的脸，“你到底在说什么？”

“我是说，两位应该是做假发的师傅吧？”他交替看着两人。

拓也顿觉全身虚脱。

“不，我们是搞笑艺人。”

“搞笑……”

“一看不就知道了？要不是搞笑艺人，怎么会从昨天起净干些莫名其妙的事情？”慎吾的语气有些恼火。

“搞笑艺人？两位？”

“对。”两人同声答道。

铁面侍应生盯着他们看了一会儿，开口了。

“这玩笑真有意思。”

说着，他微低下头，浅浅一笑。

奇迹之照

1

遥香正在食堂里吃着意粉，眼前忽然映出人影，抬起头，只见两个女生正看着她，是她在大学研究班里的朋友。

“前一阵的照片洗出来了。”短发的里佳坐下来说。

“去山中湖时拍的？”

“是啊。”

“拍得很不错，可惜我那时脸有点肿。”说话的是彩花，她身材高挑，眉目清秀。

里佳把照片摊到餐桌上。照片里都是山中湖周边的风景，摄影技术算不上很高明。风景前一排研究班里的熟面孔，其中也有遥香。今年夏天研究班组织去山中湖旅行，教授和副教授也一道前往，总计有十人参加。

“哟，这张拍得真漂亮，我本来还担心烟火没有好好拍下来。”

“哎呀，这张拍砸了，眼睛闭上了！我当时是自拍，风很大，忍不住眨了下眼睛，唉。”

“快看这张，教授脸都涨红了，被年轻姑娘簇拥在中间，他真是乐得不行。”

“我好像不上相，拍出来的脸老是圆乎乎的。”

三个人一边看照片，一边你一言我一语回忆旅行的情景，就在这时，里佳拿起一张照片，困惑地歪着头。

“奇怪，这是谁啊？”

“我看我看！”彩花从旁边凑过去。

“就是正中间这个……”

“咦？她穿着蓝色衬衫……”

两人同时看向遥香，又看回照片，接着再度望向她。两人都瞪大了眼睛。

“好像是……遥香吧？”里佳嘀咕。

“是啊。”彩花点头，“我也这么想，果然没错。”

“你们在说什么？怎么了？”遥香边说边抢过里佳手上的照片。照片里是三个女孩，两边分别是里佳和彩花，而中间的那个人——

“啊？”遥香霎时也惊得说不出话来。

“连你自己也吓着了吧？”彩花浅笑着问。

“这个人……是我？”

“从服装来看，可不就是你嘛。你当时穿的就是这件衬衫。”里佳说。

“也是。”遥香再度端详起照片。这么仔细地凝视照片中的自己，在她还是第一次。

彩花忽然伸出手，从遥香手上抢过照片。她的动作很猛，让遥香禁不住在心里大喊，别这么粗暴地折腾这张照片好不好！

“嗯，果然就是遥香。想着她是遥香再看，就越看越像了。”

“我就说吧。”里佳从旁探头去看，一边看一边和遥香对比，“没想到角度不同，拍出来的模样也差这么多。”

“看着就像另外一个人似的。”

“就是就是，好陌生的感觉。”

听着两人发出的惊叹声，遥香的心情很复杂。由于角度和光线不同，照片上的模样会和本人大不相同，这已经是司空见惯的事了。但两人仍然这样不停惊叹，是因为这张照片确实很特别。

坦白说，照片比本人漂亮得多。托阴影的福，不但掩饰了她那胖胖的身材，连五官也格外分明，看起来就像明星一样。

里佳和彩花都没有说出“照片比你本人还漂亮”这种话来，这应该是她们特有的体贴。

“我这张照片拍得真不错。”遥香说，为的是让她们也轻松起来。

两人都露出安心的表情，仿佛摆脱了咒缚。

“是啊，这张照片里的遥香简直可爱得不得了。”里佳说。

“如果本人也是这样，一定会有很多人追的。”彩花也顺势说。

本人是个丑女，抱歉了。虽然这样想，遥香还是有点飘飘然。

2

回到家，匆匆换过衣服，遥香从包里拿出那张照片，坐在沙发里仔细打量。看着看着，她禁不住偷笑出声。

越看越觉得照片里的人漂亮，一点都不像自己。有个字眼叫“最佳摄影”，但这张照片的效果之佳，连这个词都不足以形容。

遥香拿来一面立式镜子，放在餐桌上，比较着照片和镜中的自己。

她的心情顿时一落千丈。

镜中映出的那张脸一点都不像明星，连当搞笑艺人或许都勉强。最近的女搞笑明星里也很有些人长得相当养眼。不对，就连老早以前的女喜剧演员，虽然够不上美人，也自有美丽的一面。

反正就是脸太大了，遥香自己分析着。这一点把一切都搅了。脸盘大，细细的眼睛看起来愈发像条细线，而鼻子偏偏又很阔，大致就是脸被横向拉宽的状态。

这就是无情的现实啊，遥香失望地叹了口气。就在这时，客厅的门开了，哥哥义孝走了进来。

“遥香，你回来啦。在干吗呢？”

义孝比遥香大两岁，正在读研究生。他和遥香截然不同，个子高挑，脸却很小，面部轮廓分明，还有一双大眼睛。大学三年级时他就被发掘成了模特，至于广受欢迎，更是不在话下。

“咦，这是什么照片？”

“哎呀，不许看！”

不等遥香藏起，照片已经被哥哥抢到手上。他的运动神经也很出众。

“这是什么照片？”

“研究班旅行的……”

“哦，你是说过要去山中湖，可你怎么会有这张照片？”

“什么怎么会的，我今天才刚拿到手。”

“可这里面没有你啊。”

“有啊，就在中间。”

“中间？”义孝低头又看了一眼照片，嘴巴大张开来，“喂，这这这，这是你？骗我的吧？”

“没骗你，你好好看看。”

“再怎么看……”义孝的视线在照片和遥香之间来回，终于念叨出来。

“你在念叨什么？”

“没什么，这确实是你。乍一看感觉完全是另一个人，但仔细看看，也还挺像的。”

“那还用说，本来就是我嘛。”遥香说，“还我。”她拿回照片。

“我说你啊，也该在化妆上下点功夫了。好好化个妆，你看起来就会像照片上这么漂亮了。”

“我也想下下功夫，”遥香绷着脸回答，“可根本没有用。有的缺点可以通过化妆掩盖，有的不行。就算可以无中生有地制造出优点，却没有让已经存在的缺点消失不见啊。这张大脸怎么才能变小？这个肥阔的鼻子怎么才能变纤细？总归都是白费力气。”

“你别这么轻易就放弃，只要打扮得像照片里这样就挺好的了。”义孝忽然伸出双手捧住她的脸，变换着各种角度细看。

“哥你干什么啊，弄疼我了！”

“嘿，这到底是变了什么魔法？这张脸怎么能拍成那样的大美人？”

“反正我就是这个德行了。”遥香甩开哥哥的手。

下一个被照片惊着的是父亲幸三。看到照片时，他正在喝晚餐的酱汤，结果当场呛住，酱汤也洒了一地。

“哎呀，老爸看你弄的。”

“小心点，别把照片弄脏了啊。”

“不好意思不好意思，可我真是吃了一惊。这是遥香吗？太厉害了！”幸三用毛巾擦了擦老花镜，再次拿起照片，镜片后的双眼眯了起来。

除了秃头，父女俩几乎是一个模子印出来的——遥香长得特别像父亲。而义孝除了耳朵，半点都不像父亲。按照幸三的说法，义孝和他过世的母亲长得一模一样。

“从这张照片看起来，遥香毕竟还是像过世的妈妈。嗯，真不愧是母女，像极了。”幸三看着照片，感慨地说。

“我看了这张照片，也觉得她很像我。”

“妈妈是个大美人吧？”遥香问。母亲过世时，遥香还是个婴儿，完全不记得她的长相。而且母亲也没有照片留下来，听幸三说，那时他们没有钱买相机。

“是啊，当初向她求婚的男人有一大堆，听说有医生，也有拥有地产的有钱人。”不知为什么，父亲骄傲地挺起了胸膛。

“这样一个大美人，怎么会跟老爸这种人结了婚？”

“什么叫‘这种人’啊？告诉你，当然是因为我人品好了，还用说？就因为妈妈选择了我，现在才有了你们，你们应该好好感谢老爸才对。”幸三那张酷似遥香的脸上，肥阔的鼻子愈发膨胀起来。

有什么好感谢的啊！遥香心想。我长成这样，全是被你连累的。她实在很想这么说。

从小，她就暗暗祈祷，千万不要长得像父亲，长成帅气的哥哥那样就好了。然而她的祈祷落空了，她一年比一年更像父亲，离哥哥的长相越来越远。亲戚们每次看到遥香都不禁失笑，或许就是因为她跟父亲也未免太像了。但等她到了谈婚论嫁的年纪后，谁也不再提起这个话题。他们背地里都说，长得像幸三实在是女子致命的缺陷，这件事也成了她深深的伤痛。

要是长得像妈妈多好啊！看着山中湖的照片，遥香不禁叹了口气。但有了这张照片，某个难题终于可以解决了，这让她很欣慰。

3

遥香凝视着电子邮件。她定期邮件联络的网友有十个左右，加上不定期联络的，约有五十个。只要有人来邮件，她一定会在两三天内回复。

但也有人发来的邮件让她无法回复。刚才这封邮件是五天前收到的，五天来，她一直烦恼不已。

给她发邮件的人叫吉冈亮，是她在一个乐团的后援站认识的，两人聊天时觉得很投缘，便交换了邮箱地址。由于是通过网络交往，彼此都不知道长相，但通过邮件往来，逐渐互相了解到相当多的信息。吉冈好像是个学生，今年二十二岁，住在练马区，高中时参加过篮球社，明年春天将到某大型电机制造企业工作。自然，所有信息都未必是真实的，但遥香觉得他应该不会说谎。

前些日子遥香收到他的一封邮件，内容如下：

> 前几天音乐会的转播你看了没有？我看得很激动，不时还发出惊叹。
>
> 说起来，你的旅行很开心啊。下次一定要把当时的照片发给我看看。想知道你是个怎样的姑娘，这也是人之常情嘛。我先把我的照片发给你，这是前一阵学园祭时拍的。

他以附件的方式发来了照片。照片上的他谈不上帅气，但散发出粗犷的气质，给人以良好青年的印象。坦白说，正是遥香喜欢的类型。

收到这封邮件后，她一直很烦恼。如果发出自己的照片，他一定会很失望，但一味敷衍搪塞也不是个办法。她甚至想过干脆把里佳或者彩花的照片发过去，可终究做不出如此舍弃自尊心的事情，她不愿欺骗对方。

看着山中湖的照片，她不禁微笑。这张照片应该不会让吉冈失望，而且也没有骗他，这的确是自己的照片。

义孝有扫描仪，只要把照片扫描到电脑里，再附上简单的文字发送就行了。问题终于顺利解决，遥香心想。

可问题并没有解决，反而更加复杂了。

两天后，看到吉冈发来的邮件，遥香不由得抱住脑袋。

我看到你的照片了。真是吓了一跳，没想到遥香你这么漂亮，老实说，完全出乎意料（失礼了）。我本来还以为大概就是个普通姑娘，谁知道漂亮得简直像演员。

现在我有两个请求。一个是你还有其他照片吗？我希望看到各种各样的你。还有一个就是能不能见一次面？我随时都方便，请告诉我你有空的时间。期待你的回信。

一看到照片马上提出见面，令遥香觉得他相当轻浮，但她又想，或许年轻男子有这种反应也很自然。况且这样邮件交往下去，总有一天必须考虑直接见面的事情。

怎么办？遥香愣在电脑前，好半天动弹不得。

“如果不想被他讨厌，只有一个办法。”彩花一面用调羹舀着酸奶慕斯，一面说。

“我该怎么做？”遥香问，她都快要哭出来了。

她们正在大学旁边的一家糕点店，彩花和里佳吃着蛋糕，遥香却只叫了杯红茶，她实在没胃口。

“还用说吗？当然是把谎言变成真实了。”

“什么意思？”

“你听好，那张山中湖照片中的你，其实可以说是虚假的吧？那把它变成不是虚假的就行了。彻底地化妆，尽量接近那个虚假的模样。”

“别老说什么虚假虚假的，我觉得那张照片并不假。”遥香小声抗议。

“从实质上来说，和虚假没什么两样。如果吉冈君和现在的你见了面，一定会感觉被骗了，不是吗？所以你才会这么烦恼。”

“也是。”遥香低下头。或许事实确实如此，但可以说得更委婉一点嘛。

“那张照片里的你拍得真是好看。”里佳用充满真诚的语气说。

“是啊。这段时间我只要把这张照片给朋友里的男生看，他们都兴奋得不行，吵吵着说原来彩花的朋友里还有这么可爱的姑娘，一定要介绍给他。”

“那你怎么说？”

“我随便敷衍过去了，可到现在还不时有电话打过来，所以很伤脑筋啊。可是，不可能让他和本人见面吧？”话刚说完，彩花就捂住了嘴，她发现遥香正瞪着自己。

“我说你们两个，到底有没有诚意帮我想办法？”

“有啊有啊，当然有。我都说了，只有化妆啊。”

“怎么个化法？”

“我认识一个还不出名的化妆师，就交给她好了。一定会有办法的。电视里不是常有这种节目吗？普通得不能再普通的主妇经过化妆，马上焕然一新，像演员那么漂亮了。要的就是那个效果。”

“唔……”遥香望着旁边。这家店的墙上挂着镜子，她看着镜中的自己，回味着刚才彩花的建议。遥香也知道，通过化妆确实可以有相当大的改变。“可是，会不会那么顺利呢？能变成那张照片里的模样吗？”

听到她的呢喃，两个朋友同时低下了头。看到这一幕，遥香的心情愈发沉重。她也没想化妆成另一个人，只想接近照片中自己的样子而已，为什么她们却是这种反应？真令人伤心。

一阵沉默后，里佳忽然抬起头。

“对了，我有个好主意，不如双管齐下。”

4

听完遥香的话，义孝惊得瞪大了眼睛。

“加工照片？”

“是啊。我想把这几张照片加工成接近这张照片里的模样。”说完，她把几张照片和那张山中湖的照片一起摊在桌上。

“等一下。我知道你要这样做的原因，可这能解决什么？照片是可以加工，但你们终究还是要见面吧？就算照片不露破绽，也没有什么意义啊。”

“所以我不需要完美的加工，我想要那种半吊子的。”

“半吊子的？”

“没错。”

遥香解释道：首先通过化妆让她的脸尽量接近照片，但这毕竟有极限，所以另一方面也要让照片逐渐接近本人。具体来说就是，她会给吉冈发好几张照片，照片里的脸则从山中湖时的模样，一点一点接近实际的长相。这样，见面时他应该不会被照片和本人的差距吓着了。

“嗯。可真有必要做到这个程度吗？”义孝歪着头。

“拜托了！这种事没法找别人帮忙，我又不会加工照片，只有拜托哥哥了！”遥香两手合在她那张很像父亲的脸前恳求。

义孝叹了口气：“没办法，我试试吧。”

“真的？谢谢你！”

“这张山中湖的照片在这个地方就只拍了这一张吗？”

“当时其实拍了两张，但另一张拍得不好，不知道为什么出现了晕影，我的脸都虚了。”

“哦？那这张照片还真是重重巧合下的恩赐。”拿着那张妹妹照得很漂亮的照片，义孝嘀咕。

当晚，义孝早早打开自己房间的电脑，尝试合成照片。他平时喜欢骑脚踏车旅行，常常把途中拍的照片挂在自己的主页上，因此电脑上装有加工照片用的软件。

他先用扫描仪把待处理的照片扫进电脑。屏幕上最先显示出的，是遥香端着啤酒杯微笑的照片，看来是联欢会时拍的。他把山中湖那张照片放到这张旁边，再将两张照片里遥香的脸部放大。

怎么把这张胖嘟嘟的脸蛋修成山中湖里那样呢？义孝在电脑前环起双臂。

既是同一个人，按理说应该难度不大，但两张照片里的遥香看起来实在差得太远了。不过，倒也不是完全判若两人，仔细对比一下，还是有几个共通点，但整体给人的观感，却一点都不像是同一个人。

总得想想办法啊，义孝心想。他一直都觉得，没有遗传父亲的长相真是太好了。虽然对母亲的印象已经模糊，但他十分感谢母亲给了自己这张英俊的脸。即使从客观的角度来评判，自己的容貌也出类拔萃，这一点他颇为自负。

正因如此，他才格外同情妹妹。即便站在哥哥的立场，他也不得不承认遥香的长相不足以吸引男人，而他也知道妹妹一直都没有男朋友。快出现一个喜欢她的男人吧，这是他多年的心愿。

他用软件先把联欢会照片里遥香的眼睛修大一点，再把鼻子修细一点，这样就有几分接近山中湖照片里的模样了。但还是有根本的不同——脸蛋大小的差异。

义孝使出浑身解数，给脸部添加阴影，微妙地改变脸颊的轮廓，但再怎么努力都无法让脸蛋显得小巧。

“奇怪啊，为什么这张照片里的遥香脸蛋看起来就这么小？”

他情不自禁地嘟囔着，同时把山中湖照片里遥香的脸放大到整个画面。

“咦，这是怎么回事？”他禁不住凑到屏幕前细看。

5

假日的午后躺在沙发上观看职业棒球比赛，是幸三多年不变的习惯，也是他为数不多的消遣。这种时候他不想被任何人打扰，总是热上几串冷冻的烤鸡肉串，喝着罐装啤酒，给支持的球队加油打气，整个人沉浸在快乐之中。

他很快就要退休了，但没什么好担心的。就算有那么一星半点，一想到义孝和遥香马上就要踏入社会，今后自己每天都可以享受这样的惬意生活，他心里就雀跃不已。等到退休后，他还有很多事情想去尝试。

过去这二十多年，连他自己都觉得过得真不容易。妻子洋子溘然长逝时，遥香还是个婴儿，义孝也刚蹒跚学步，他既要上班，又要带两个孩子，辛苦的程度实在难以言表。多亏有亲戚和邻居帮忙，才终于熬过了那段日子。

有好几次别人撮合他相亲，但他都没往心里去，他觉得世上再不会有像洋子那样的完美女子了。当然，这些年来他也不是一次都没心动过，但从未表白过自己的感情。

他常常想，要是洋子还在世就好了。等两个孩子都离家独立后，和老去的她一起共度晚年，那该多么幸福。然而这个心愿永远都无法实现了。

如果有照片在，至少还可以看着照片回忆洋子，但如今连这也做不到了。他曾向两个孩子解释说，母亲没留下照片是因为当时没有相机，但事实并非如此，实际上洋子留下了好几张照片。

毁掉这些照片的人正是幸三自己。洋子过世后，他久久难以忘怀，终日借酒浇愁，终于有一天，他觉得这样下去自己会一蹶不振，索性把她的照片全部烧毁。这自然只是一时的冲动之举，很快他就后悔不已，直到现在也是这样。他总在想，哪怕只剩下一张，也是莫大的安慰啊。

电视上的棒球比赛里，幸三支持球队的主力击球员刚打出一记全垒打，这让幸三回过神来，他自己也觉得有些不可思议，今天怎么会想起这些往事呢？

傍晚时分，义孝回来了。

“老爸，你现在有空吗？”儿子的表情难得地严肃。

“有啊，什么事？”

“就是这张照片。”他把一张遥香的照片放在餐桌上。

“哦，这张啊，拍得很棒嘛。遥香那孩子，好好拍也可以这么出彩。”他戴上老花镜。女儿长得像自己，他一直很觉内疚。

“你不觉得这张照片有点不对劲？”

“不对劲？喂喂，不要妹妹拍得好看你就这么讲啊。”

“我不是那个意思，你仔细看看遥香脸部的轮廓，在她脸的外侧，还有一圈轮廓，只是被头发的阴影遮住，不容易看出来。”

幸三凝视着照片。经义孝这么一说，还真是越看越像。“这是什么东西的影子？还是镜头上的污迹造成的？”

义孝摇了摇头。

“既不是影子，也不是污迹，外面这圈轮廓，才是遥香自己的脸。”

“你说什么？”幸三张大了嘴巴，“遥香脸部的轮廓不是拍得很清楚吗？”

“不是这样的。”说完，义孝低头沉默了片刻，似乎在犹豫该不该说。他终于抬起头，直视着父亲的眼睛，说道：“老爸，这张照片啊，是灵异照片。”

“什么？”

“老实说，今天我去找了了解灵异照片的人，出示了这张照片，据他说，这确实是灵异照片。”

“哪哪哪……哪里灵异了？”

“看看遥香的脸就知道了，那不是她的脸，事实上，照片上拍到的是幽灵的脸。遥香曾告诉我，同样的条件下还拍了一张照片，但那张出现了晕影，她的脸白成一片。我想这张照片恐怕本来也同样晕影，而幽灵的脸叠印在遥香发白的脸上，看起来就像是遥香的脸了。”

“怎么会有这种事……”

“可是这样想才比较合理啊。所以我想请老爸确认一下，这张脸，该不会是妈妈的吧？”

幸三没有马上回答。他总觉得不会有这种事，但想到看到这张照片时那种奇妙的感觉，又觉得已经说明了一切。第一次看到这张照片时，他就涌起一种怀念的感觉，仿佛心弦被撩动一般。

“洋子……为什么？”

“那我就不知道了。”义孝垂下眼帘。

幸三看着照片，越看越觉得那就是亡妻的容颜。照片里，洋子正冲着他微笑。

他看了一眼照片的右下角，那里标着拍摄日期。“八月二十三日？”

义孝也凑过来看照片：“这个日期怎么了？”

“八月二十三日……山中湖……”他重重地点点头，“原来是这样。”

“怎么啦？忽然大声冒出这么一句。”

“没什么。”幸三摇摇头，“对了，遥香去哪儿了？”

“遥香？她说去一个认识的化妆师那里。”

“哦？”

幸三又望向照片。

八月二十三日，这是他和洋子第一次约会的日子，地点就在山中湖。眼前这张照片想必也同样是在山中湖畔拍的。

每年的这个日子，你都会来到这个值得纪念的地方吗？他对着隔世的妻子呢喃。今年的这一天，女儿恰好出现在那里，于是洋子的灵魂迫不及待地靠过来，被收进了照片。

真是个奇迹啊！幸三喃喃自语。他凝视着意外得到的妻子的照片，大口喝着啤酒。

图书在版编目（CIP）数据

黑笑小说／〔日〕东野圭吾著；李盈春译．—2版．
—海口：南海出版公司，2015.10
（东野圭吾作品）
ISBN 978-7-5442-8104-1

Ⅰ．①黑…　Ⅱ．①东…②李…　Ⅲ．①短篇小说－小
说集－日本－现代　Ⅳ．①I313.45

中国版本图书馆CIP数据核字（2015）第223384号

著作权合同登记号　图字：30-2009-144

KOKUSHO SHOSETSU by Keigo Higashino
Copyright © 2008 by Keigo Higashino
First published in Japan in 2008 by SHUEISHA Inc., Tokyo.
Simplified character Chinese translation rights in China © 2010 by Thinkingdom Media Group Ltd.
arranged by SHUEISHA Inc.
through THE SAKAI AGENCY and BARDON-CHINESE MEDIA AGENCY.
All rights reserved.

黑笑小说
〔日〕东野圭吾 著
李盈春 译

出　　版　南海出版公司　（0898）66568511
　　　　　海口市海秀中路51号星华大厦五楼　　邮编 570206
发　　行　新经典发行有限公司
　　　　　电话（010）68423599　　邮箱 editor@readinglife.com
经　　销　新华书店

责任编辑　张　锐
特邀编辑　崔　健
装帧设计　宋　璐
内文制作　王春雪

印　　刷　三河市三佳印刷装订有限公司
开　　本　890毫米×1270毫米　1/32
印　　张　7
字　　数　151千
版　　次　2010年7月第1版　2015年10月第2版
印　　次　2015年10月第10次印刷
书　　号　ISBN 978-7-5442-8104-1
定　　价　32.00元

版权所有，未经书面许可，不得转载、复制、翻印，违者必究。